80歳、不良老人です。

太田和彦

亜紀書房

80歳、不良老人です。

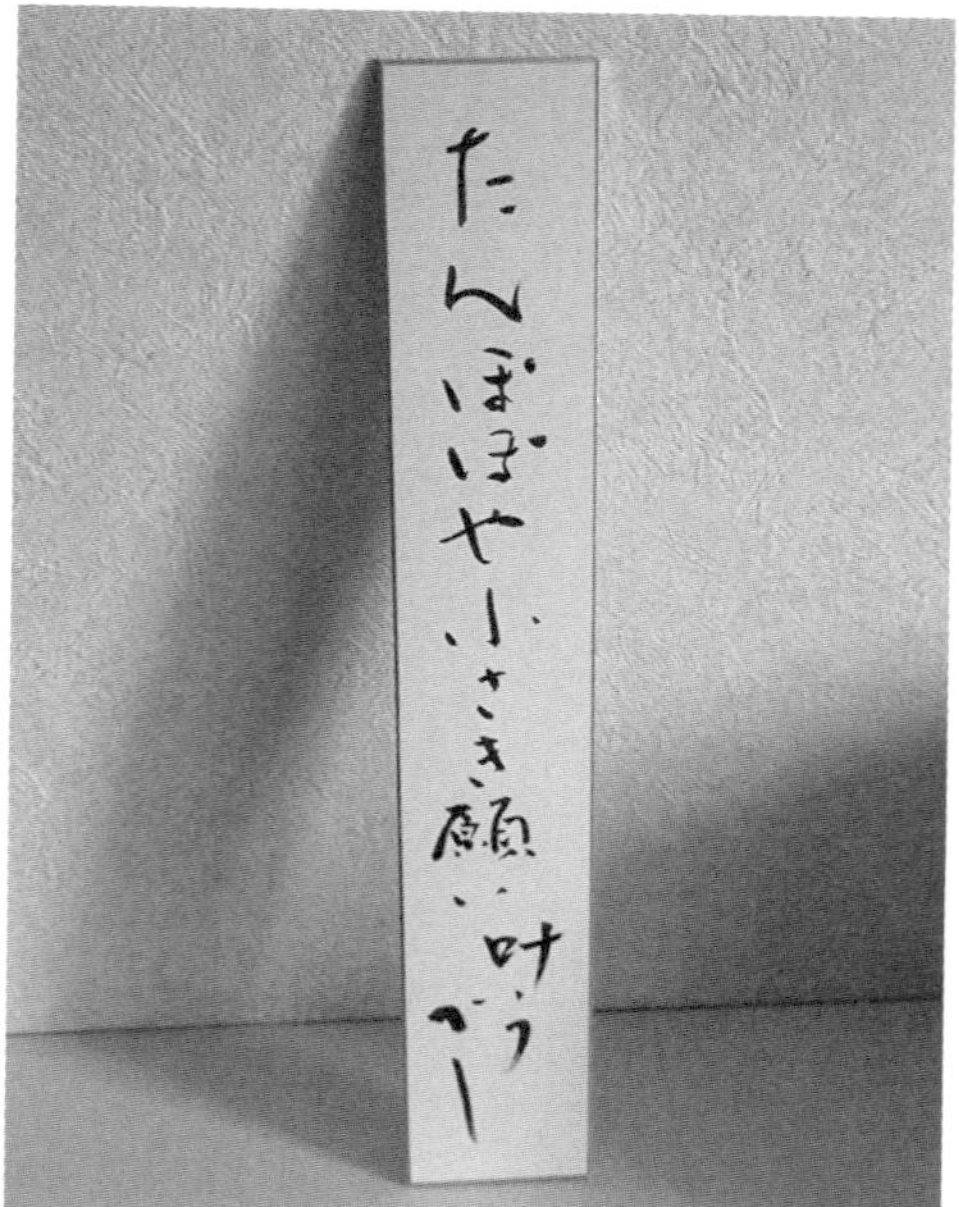
たんぽぽや小さき願い叶うべし

はじめに

中学、高校くらいで自我に目覚めると、勉強を重ね、他人と交遊し、めざす生き方を探り、理想を定め、人生をスタートする。これが青春期だ。

そうして世の中に出ると、社会の仕組みや人間関係、理不尽に突き当たり、思っていた通りにならないのが人生と知る。理想などかすんでしまい、日々生きてゆくだけでいっぱいだ。

しかし生きてゆかねばならない、食ってゆかねばならない。家族を養ってゆかねばならない。うまくいったことも、大失敗も、心底義憤に燃えたこともあった。

そうして大方が終わり、八十歳が見えてきた。残りの人生をどう生きるか。

そして思った。自由になった今こそ、若いころに描いた理想を実現するときだ。世の中はわかったからもう戸惑いはない。あのときの初心に帰ろう。

——今こそ、青春到来。不良老人でいこう。

◎目次

Ⅱ　日常あれこれ　31

Ⅰ　八十歳を前に

一人でいる

森崎東監督の映画『生きてるうちが花なのよ 死んだらそれまでよ党宣言』（一九六五年）は、社会の底辺に生きる面々が、世の中の不合理に抵抗しつつ、ふてぶてしく生きてゆく姿を、女性（倍賞美津子）を主役に描いた傑作だった。

生きてるうちが花なのよ、死んだらそれまでよ。

まことにその通り。八十歳を目の前にした私もそう思うようになってきた。死んだらそれっきり、後はない。

ではどうするか。まわりに迷惑をかけないことを肝に銘じつつ、好きなことしかしない。嫌なことはせず、嫌な人とはつき合わず、一人でいる。そのため自宅から歩いて十五分ほどのところに借りている小さな部屋は、多少家賃はかかるが秘密基地だ。

毎朝十時ごろ来てコーヒーを沸かし、パソコンを起動し、新聞を読み、昼飯を作り、洗い物をし、音楽を聴き、昔のものを引っ張り出し、昼寝する。月曜はゴミ出し、掃除器もかける。ポイントは終日一人でいること。電話も滅多に来ないから、一日ひと言も発しない。宅配便の配達に「ごくろうさま」を言うくらいだ。夜九時を過ぎると家に帰り、ひと風呂浴びて晩酌。寝るのは十二時過ぎころか。

若いときは将来のためにしておかねばならないことが山のようにあった。いや生きてゆくだけで精いっぱいだった。その将来が来た今、「死んだらそれまでよ」とばかりに、したかったことがいっぱい出てきた。自分へのご褒美。褒美はもらうものではなく自分で出すものだ。散歩、映画、展覧会、芝居、旅行。すべて一人でできることばかり。出かけた翌日は、終日じっとしているのがまたいい。

老年になって仕事や行くところがなくなると一気に老けるという。

家の手伝いはおろか「おい、あれとってくれ」「飯はまだか」「わからん」で通し、一人では何もできない。いや何をしてよいのかわからない。揚句は邪魔な粗大ごみ扱いで介護ホームに捨てられる。情けなくはないか。何のために生きてるんだ。その自覚もないのか。

老化、ボケ防止は一人で身を過ごすことが解決方法と思う。自分で何でもしなければならない専用介護ホーム。――これこそはわが青春の到来だ。

健康法

とはいえ老人は健康第一。体が不自由では好きなこともできない。

朝ベッドで目覚めると腹這《ば》いになり、正座して両腕をぐっと前に背筋を伸ばす。降りてスクワット上下三十回。両腕回し二十回。次に相撲蹲踞《そんきょ》のように深く尻を落としてしゃがむのを数分。このとき顔にメンズローションをつける。最後に腕振り腰回しに側転と前後屈を加え一〇分の、計三〇分。ポイントはぎっくり腰防止と体幹整え。終えると朝風呂。これが日課。

十五分ほど歩いて仕事場へ。パソコン仕事は猫背にならぬよう立ってする。行き詰まると室内をうろうろ。疲れたら椅子。やがて昼食の支度。最近昼寝の良さに目覚め（へんな表現）、夏は床に茣蓙《ござ》を敷いて大の字に。いい気持ちです。

夕方、一段落にウォーキング。あれこれコースを試したが今は定まり、寺の続く裏道から大病院の緑地を抜け、国道に沿い北上。明治学院大学を脇にぐるりと回る四十五分は、適度なアップダウンを大股にやや急ぎ足で、行程四キロほどか。

糖尿病の心配があり、四ヶ月に一度、病院にへモグロビン数値を計りにいき、一喜一憂しているが、先生の指導は、運動と食事管理。これはまったくその通りで、あるときの高数値に一念発起し、ウォーキングを徹底するとみごとに下がって褒《ほ》められた。以来、上がってもこうすれば治るという自信（？）になった。

あとは食事。糖分と炭水化物は控えるけれど、米からつくる日本酒を飲んでいるのでカロリーは同じかもしれない。高年齢になるほど肉をたくさん摂ると良いと言われ、たっぷり野菜とともに実行。

幸いあまり大病はないが、六十歳前のとき大腸ガンで一ヶ月ほど入院。摘出したが転移はなく、その後五年検査を続け完治となった。しかし定期検査の必要は知り、人間ドックや胃カメラ、大腸内視鏡検査などは続けている。結果に毎回ひやひやだが仕方がない。

病院に行くと、歩くのも困難なよぼよぼ爺さんばかりで気が滅入る。ああはなりたくないなあと洩らすと、妻は「なってるわよ」と言った。

昔とちがって居酒屋通いも減り（減り、です）、生活パターンが定着すると、体もそれに慣れてきたようで調子はよい。

世間への窓口

あまり人とつき合わず一人でいると世間知らずになる。それではいけない。

私の世間への窓口は新聞だ。家では朝日、仕事場では毎日、東京。計三紙を朝刊も夕刊も隅々まで読む。朝日は高見の見物でエラそう。毎日は報道中心にもっとも新聞らしく、東京は生活者目線が好ましい。

社会記事、論説、意見、批評、コラム、文化、などをじっくり。経済、スポーツは興味なし。投書欄は、おおむね「一年前に妻を亡くし……」「ガンからようやく生還……」など老人の繰り言ばかりでつまらないが、小中学生や高校生ら若い人の、率直な主張や決意に、思わず「その通り」とあいづちを打ったりする。涙することもある。感銘したものは切り抜いて手帳に貼る。それを読み返すとまたじんと来る。

中学校教育の一つとして、社会への興味をもたせるため、テーマに沿った新聞切り抜きで壁新聞をつくるというのはたいへん良いと思う。

さらにもう一歩、新聞発行を奨《すす》めたい。何を記事にするかが第一だが、私は「取材の文章化」に価値があると思う。新聞文章の基本「5W1H＝いつ、どこで、誰が、何を、なぜ、どのように」は、客観的事実を論理的に無駄なくレポートする技術で、それは、思ったことや気持ちを書く文学的な作文よりもはるかに文章の訓練になる。文科省が、国語教育は文学だけでなく実務文章も必要と言い出したのに文学者が反論しているが、私はそうでもないと思う。独特の見方や感情表現は、まず正確な文章力があっての話だ。

私は子供のころから新聞発行が好きで、手書き新聞をいくつもつくり、それは今でも続いている。資生堂でデザイナーをしていたときの「週刊制作室」。居酒屋研究会をつくって発行した「季刊居酒屋研究」。雑誌連載した「日本海山川酒新聞」。椎名誠さんの映画づくりを手伝っていたとき広報用に発行した「ホネ通信」。小さな名画座・大井武蔵野館を応援する「OMF（大井武蔵野館ファンクラブ）会報」など、面白おかしくだがよく書いた。

名刺一枚あれば、総理大臣にもヤクザ組長にも一人で会いにいき、それを書く新聞記者に、ずっと尊敬と憧れがある。新聞記者は無理だったが、出版やテレビなどジャーナリズムの世界にかかわっていたいのはそのせいだろう。

価値感

歳をとると、昔親しくしていた人をよく思い出すようになる。それがいつからか「元気でいるかな」ではなく「生きてるかな」になった。もちろんこちらも誰かからそう思われているだろう。生きてますよ。

訃報もたくさんある。お世話になり、尊敬していた人はもうほとんど他界された。他界されてわかるのは、あの人はほんとうに立派だった、もう少しこの気持ちを伝えておきたかった。

まさに「生きてるうちが花なのよ、死んだらそれまでよ」。

しかしそうでもない。亡くなった人の価値は、そのことで永遠に消えなくなったのだ。永遠であることでまだ生きている。そうして今も「太田、それでいいのか」と見ていてくれる。自分もそれに照らし合わせて考える。そういう基準となる人がいるのは幸せだ。

そうなると自分が死ぬことがあまり怖くなくなった、というか、死を考えても仕方がない、生きている今が良ければそれでいいじゃないかと。死の時が来たらそういう時だ。悔いがないようにしよう。これは「実存は本質に先立つ」という実存主義か。

昔は新しいもの、ことに興味があったが、歳をとるとなくなり、昔のものが良くなるのはそこに自分があるから。食べるものも同じで流行や人気に興味はわかず、昔から食べ慣れてきたものがいい。女性はちがう。「今あそこがおいしい、人気のあれ食べた?」と熱心だ。男は知っている店しか入らない。

テレビの『開運! なんでも鑑定団』を見ると、ああいう物の収集は男ばかりで女性は迷惑で仕方がないのがパターン。女性は実利的でドライだ。反して男は自分にこだわって、自らを身動きできなくさせている。

男は何をしているか。それは自分が生きてきたことの肯定だ。それを言ってくれる人はいないので自分でする。人は誰しも自分を否定したくない。

自分の定まった目、価値感で生きてゆく。たとえそれが他人にはとんちんかんでも、それを流儀と言おう、その価値観で生きよう。

「なに理屈こねてるの?」妻が言った。

反省

終わりなき戦争、続く人道破壊、無残に虐殺される子供たち、突き進むプーチン独裁、中国・北朝鮮の人権無視、犯罪人トランプに熱狂する不毛、日本の果てしなき政権腐敗。

ここ数年、世界は本当にずたずたになった。平和も愛も道徳も正義もまったく消え、憎しみと自己利益だけ。子を育てることさえ許されない。どうしてこんなことになったのだろう。

しかしこちらは間もなく八十歳。あと生きても十年。次代の構築は若い者の仕事であり権利だ。どこかの老害政治家のようにいつまでも口出しせずリタイアしよう。で、どうするか。酒飲んで昼寝、それで良い。散歩してサウナ、それで良い。一人旅に出て居酒屋、それで良い。妻と旅行、それで良い。なんだ簡単だ。

逃避？　いやちがう。もう後は長くない、遊ぶなら今だ。小銭を残しても仕方がない。

朝の道を若いお母さんが幼い男の子の手を引きながら、赤ちゃんの眠るベビーカーを押してゆき、思わずほほ笑むとにっこりしてくれた。

長い横断歩道を同じ帽子をかぶった十五人ほどの保育園児が、二人ずつ手をつないで片手を上げ、前後を保育士さんがかためて渡り、なんともよい光景だ。

制服の女子中学生らしき二人が、道のゴミをトングで拾って袋に入れ歩いている。「えらいね」と声をかけると「ありあとあざす」と早口で礼を言ってくれた。

向こうからゆっくり来る中年男性は目が見えないらしく、白杖を左右に突いて慎重だ。思わず道を空け、振り返ってさらに見送る。

私の住む大きなマンションのゴミ管理の年配の方は、巨大な山となったゴミを仕分け、放り出された生ゴミは詰め替え、段ボールは畳んでそろえ、すべて外に並べて収集車を待つ。その無口で丁寧な仕事に、いつしか住人は礼の声をかけるようになり、ゴミ出しルールも守られるようになった。

私は恥ずかしくなった。世の中どうこうに関係なく、自分の力で生き、子供を育て、他人のために黙って尽くす人がいる。

酒飲んで昼寝していていいのか。散歩してサウナでいいのか。

ボケ防止

人の話を聞かない頑固、叱言《こごと》好きの文句たれ、指示したがるが自分では何もできない。その揚句はボケ。七十過ぎの老人男はこんな話ばかりだ。

それは決まったすることがないからだ。それではいけないと、趣味の集まり、社会奉仕など、人との交わりをつくるようにする。他人の中では頑固でもボケてもいられず、役目も引き受けさせられる。

私はボケ防止目的ではないが俳句の会は何十年も続け、そのたびに恥をかいて（書いて）いるが気は若い。マンションの組合理事もさせられ、毎月の理事会は、補修工事見積り確認、保険契約更新、空室状況、管理費不払い調査などすることは一杯ある。自己満足の趣味はいつ止めてもいいが、小さくとも責任のあることが精神を緊張させ、ボケてはいられなくさせる。ボケたら人に迷惑がかかる。

もっとも良いのが依頼を受けて仕事をすること。仕事には〆切りと報酬が付きもの。この日までに終えてくださいという契約を守れなければ相手に損害をあたえ、依頼は来なくなる。下手すれば賠償だ。無報酬ボランティアは都合でやめることもできるが、報酬のある仕事はそうはゆかない。

報酬の意味は金額の多寡《たか》ではなく、そのことで生まれる責任の緊張感だ。責任ある仕事をしている人はボケない、ボケてなんかいられない。実際、規模の大小にかかわらず、現役で仕事をしている人は皆気持ちが若く、精神が引き締まっている。でなければ仕事依頼は来ない。

こんな私でも原稿などを頼まれることがあり、ありがたいが、その際かならず「内容・締め切り・原稿料」を確認する。引き受けた以上、原稿は吟味し、少しおまけもつけ、早く出来ても決められた日に納品する。修正を求められればすぐ手をつける。原稿料が振り込まれたかも確認する。頼んだことは最後までキチンとするという信用が次につながる。この緊張がよくて、仕事依頼を待っている。

大学でデザインを教えているとき徹底したのが、課題提出の締め切り日だ。デザイン納品が遅れればその後の校正や印刷、はては使用日までばく大な被害をかける。締め切りに遅れた傑作など使い道がないと断固受け取らなかった。したがって単位も出さない。だから卒業もできない。こうして提出遅れはまったくなくなった。

旅に出る

ボケ防止、体力維持、社会参画、気分転換、自分の見直し、ちょい冒険。

これらには「一人旅」がいちばん良いと思う。

行く先を決めたら、宿泊ホテル手配、交通チケット購入、現地情報、店予約、持ち物準備。すべて自分ですることでひさしぶりの「自立心」が引き締まる。そうして乗った新幹線の指定席は〈4号車A5〉、あったあったと腰をおろした安堵感。さあここからは一人だ。

車中で何をしているか。スマホ（もっていませんが）を見るなど論外。流れゆく日本の風景、田んぼの緑、雄大な山並み、ゴーと渡る大河の橋。点在する民家に、ああ人々はこうして生きている、日本は広いなあと実感する。そうして情けなくもとろとろと居眠り。人は安心して運命（おおげさですが）に身を預けると寝てしまう。

「列車はただいま定刻通り三河安城駅を通過しました、あと五分で名古屋……」

アナウンスで目が覚め、お、そろそろだと外を見る。

「きょうと〜、きょうと〜」さあ着いた。

どうです旅の空。ホテルでチェックインして部屋に。ここで三晩過ごすんだな。洗面具や日課の薬を風呂場に置き、衣類はハンガー。今回はパソコンをもってきたから結線してメールを読めるようにしないと。……おおつながった。とりあえず妻に「無事着いた」と送っておこう。お、もう返事「無茶しないでよ」。はいはいわかりました。知ったことか、オレの自由、とうそぶきながらも歳を考え自戒する。

それからはどうぞご自由に。

名所旧跡、神社仏閣もいいが、土地の商店街をぶらぶらするのも楽しく、市場があれば入って土地の産物を知り、うまそうな蕎麦屋の見当をつけ、ホテルに戻って昼寝。夜の身支度をしてふたたび出る。楽しみは居酒屋だが、現地に着いてから一人でうろうろ店探しをするのは効率悪く不安だ。少なくとも一軒目は失敗したくない。それには身もフタもないが小著『太田和彦の居酒屋味酒覧』を参考に。旅先で一人で初めて入って間違いのない店がいくつも載っている。

これらすべてを相談相手のない一人でする。ここに大いなる自己回復がある。

可愛い子には旅をさせろ。老人も同じ。

行き場所

旅は大ごとだが、リタイア人間には日常の行き場所が必要だ。家でごろごろしてばかりでは迷惑。用がなくても、いやそれだからこそ、ぶらりと足を向ける決まった場所があるのはよいものだ。

私は銀座。大学を出て勤務した会社が銀座で、二十年間通いつづけ、今や裏表隅々まで知った。銀座の魅力はおしゃれで華やかな大人の街であること。訪ねつづけて五十年、変遷はあってもこれだけは変わらず、しばらく空くと（二週間くらいか）行きたくなる。地下鉄銀座駅から地上に出ると、ああ、わが街に来たなあと両腕を開き、ぶらりと歩き出す。

好きなのは並木通りで、シナノキ並木が緑を増した初夏はさわやか。七丁目の、かつて勤めた資生堂本社のウインドーディスプレイもチェック。舗道の石畳もいろいろで、大きめにランダムな赤石を煉瓦風に並べたみゆき通りがベスト。昼飯は「天國」の天丼か、「梅林」のカツ丼か、「維新号」のセロリそばか、ちょいと奮発して「資生堂パーラー」のオムライスか。終えたら書店「教文館」を覗こう。となりの「山野楽器」は音楽ＣＤを置かなくなったのが残念だ。

中年を過ぎて通うようになったのが本の町・神田神保町だ。すずらん通りに古い日本映画専門の「神保町シアター」ができたのがきっかけで、見終えた後、新刊への目配りがいい「東京堂書店」、映画演劇古書「矢口書店」はかならず寄る。

神保町は中華料理が多く、ごひいき「揚子江菜館」の何十種もあるメニューからうれしくも難題な注文にかかる。今のところベスト３は池波正太郎が好んだ〈上海炒麺〉に〈揚子江炒飯〉〈香辣肉片拌麺〉。全メニュー制覇ははるか先のことだろう。

永井荷風が通った浅草は、江戸の四大食、寿司・蕎麦・天ぷら・鰻の老舗がそろうのが魅力。雷門参道を歩いて浅草寺に手を合わせ、五重塔を見て裏に回った「観音裏」は、インバウンド観光客もここまでは来なく、遊廓の艶やかな雰囲気が残る通りで子供が縄跳びをしたりしている風情がいい。そこに昔からの居酒屋や料理屋、バーがひっそりと続き、夜ともなれば、江戸を伝える古きよき下町の居心地がしっとりと落ち着かせる。私の住むところからはやや遠いが、それだけに空気が変わり、「やってきた感」がある。

椿をあしらったビル壁面のデザイン

資生堂パーラーウィンドー

並木通りの5月

資生堂銀座ビル

神保町・揚子江菜館の上海炒麺

銀座・梅林のカツ丼

独酌三昧

老人男、一人の行き場所のお奨めはもちろん居酒屋だ。

若いときは連れ立ってよく行き、談論風発。大いに飲み、語り、酔い、カネも使った。そういう相手がいなくなった今、そこに行くのは、うまい酒と肴もあるが、心おきなく一人で時間をつぶせる場所だから。喫茶店でコーヒーはねばっても三十分。公園のベンチに一時間も座っているのはヘンな人に見える。映画館に入れば映画を見なければならない。サウナは好きだが服を脱がねばならない。

食堂は食べ終えたら出なければならないが、居酒屋は好きなもので飲んでいればいつまでもいられる。注文以外にひと言も発しなくてよい。見るものがなければ品書きをしげしげと読み、次はこれだなと見当をつけ、さらに一杯口に含む。

これがいいんだな。初めはじっと黙っているのがややつらくても、すぐ慣れる。それには行きつけをつくるのがよい。店主と顔見知りなのは安心だし、向こうも害のない客とわかってくれているし、黙っていてもほっておいてくれる。たまに徳利を持ち上げ「もう一本」と目線を送るだけ。

常連客から話しかけられることもあるが、私はあまり乗らない。しゃべりたくなくて来ているのだし、それよりも次何を注文するかのほうが大切だ。

そうして自然に頭に浮かんでくることを追う。

いい歳になったが、自分の望んでいた人生だったか。しかし、こうして飲んでいられるだけ幸せと思わねば。もと上司だったあの人はどうしてるかなあ、いや、生きているかなあ。好きだったあの娘《コ》と結婚してたらどうなったろう。幸せにしてくれていればいいが。ウチにあとどれだけカネがあるのか。墓はどうなっていたっけ。自分は女房を幸せにできているだろうか。これは反省だ。なにか喜ぶことをしてやろう。

……巡る思いは一時間。一人で外にいるからできること、一人であれば人は謙虚になる。家で昔の彼女を思いながら酒は飲めない。

「太田さん、今日は穴子がいいすよ」

お、そうか、じゃ焼いてもらおう。この店とも長い仲になったな。もう一つの自分の場所があってよかったな。

孤独ではない

一人でいることをあれこれ奨めているのは、仕事もなく、行くところもなく、家でごろごろ邪魔扱いの身から妻を解放してやるためだ。夜はちゃんと帰ってくるから家出ではない。白洲次郎の名言〈夫婦仲良くの秘訣は、なるべく一緒にいないこと〉の実践だ。

でも正月三が日は外出禁止で終日家に居させられる。居て何をするか。新聞読んで昼寝。妻も猛昼寝しているが、三時ごろケーキとお茶が出る。暗くなったら風呂に入り、妻の母と三人で夕食。母はこのごろ、お酒がおいしい、飲むとよく眠れると言う。そしてテレビ録画したウィーン紀行を見たりする。平和です。

十八歳で家を出て上京、下北沢に下宿してから、買物も自炊も洗濯も、何か決めて行動することも、自分でしなければ誰もやってくれない一人暮らしが基本の生き方になった。人に頼むよりも自分でしたほうが早い。頼めば礼をせねばならないのが面倒くさい。一人だと誰に相談しなくても動ける。失敗しても自分の責任、他人に迷惑はかけない。つまりこんなラクな生き方はない。

もう今はこれという仕事はなくなった。ならば好きな音楽を聴いていたい。たまった古い映画の録画を今こそ見よう。読んでない本もいっぱいある。のびのびだ。

妻はいつまでも仕事場とやらを借りているのは家賃の無駄でしょうと言うが、一日じゅう家に居られても困るでしょう。そこで私は自分の老人ホームに入ったのだ。

もちろん人はいろいろ。誰かと一緒でないと不安だ、一人で何かしてどこが面白い、第一淋しくないか。もっともです。

淋しくはないです。それは帰る家庭があるからです。帰るところがあるから一人が楽しいのです。だから一人が際立つのです。自分は一人で生きている、生きられる、は大変な思い上がりとわかっています。病気になれば病院に連れていってくれる人がある安心感。だから今は迷惑にならないようにしているのです。

間もなく八十歳。

死んだ後の世界は一人かどうかわからない。私は両親に会えるかもと思っている。しかしそこから帰ることは絶対にできない。

であれば今を……。

Ⅱ　日常あれこれ

美術展に行こう

年齢を重ねてきて家にじっとしているのはよくない。といって無目的に歩いているだけではつまらない。私は美術展によく行く。最近はこんな展覧会に行った。

「東京藝術大学買上げ展」東京藝術大美術館
「憧憬の地ブルターニュ」新国立美術館
「明治文学の彩　口絵・挿絵の世界」日本近代文学館
「仲條正義名作展」銀座クリエイションギャラリー
「激動の時代 幕末明治の絵師たち」サントリー美術館
「樺島勝一と小松崎茂」九段昭和館
「資生堂の70年代雑誌広告展」資生堂ギャラリー
「明治美術狂想曲」明治生命館静嘉堂@丸の内
「収蔵美人画展 美しい人びと」松岡美術館

「マティス展」東京都美術館
「甲斐荘楠音展」東京ステーションギャラリー
「発見された日本の風景」高島屋ギャラリー
「シュールレアリスムと日本」板橋区立美術館
「宇野亜喜良展」東京オペラシティアートギャラリー
「没後50年 木村伊兵衛　写真に生きる」東京都写真美術館
「生誕１４０年 ＹＵＭＥＪＩ展　大正浪漫と新しい世界」東京都庭園美術館
「１１１年目の中原淳一」渋谷区立松濤美術館
「昭和モダーンモザイクのいろどり　板谷梅樹の世界」泉屋博古館東京

美術展を見るのはおよそ一時間くらいかかるが、頭の中が何も考えない純粋に澄んだ感覚だけになり、「美」にかけた作者の思いが読み取れる。私の好きなのは大衆を相手にした仕事、たとえば「樺島勝一と小松崎茂」は雑誌黄金時代の挿絵画家。最近は純粋絵画よりも、サブカルチャー的なこのジャンルが注目を浴びているのは面白い。

公立美術館では大きな国立西洋美術館や東京都美術館もいいが、区立板橋美術館、市立千葉美術館あたりは個性的な企画がある。明治大正の浮世絵が専門の原宿・太田記念美術館、絵画にこだわらないモダンな企画の渋谷・松濤美術館、少女画の竹久夢二や高畠華宵《たかばたけかしょう》の本郷・弥生美術館あたりは、今なにやってるかなあと出かけてゆく。仕事場にすぐ近い東京都庭園美術館は建物そのものがアールデコ美術で楽しめ、松岡美術館は創館者のコレクション、とくに東洋美術は見ごたえがある。

＊

近年もっとも待望の美術展はこの秋、東京都美術館で開かれた「田中一村《いっそん》展　奄美の光・魂の絵画」だった。

十六年前、雑誌の居酒屋紀行連載で奄美大島を訪ね、居酒屋「一村」に入り、店名は、五十歳で奄美に移住し、この島で生涯を終えた孤高の画家・田中一村に依《よ》ると知った。みずからも絵を描いていたご主人は、一村没後三回忌に三日間だけ開かれた、初めての個展である遺作展の展示を手伝って作品を知り、心酔するようになった、店には一村の厳しい表情の白黒写真が飾られ「奄美空港開港記念・田中一村展」のポスターもあった。この人のことを何も知らなかった私は、翌日、島の「田中一村記念美術館」を教わり訪ね、圧倒的な感銘を受けた。

明治四十一（一九〇八）年栃木に生まれた田中一村は、早くから絵の神童といわれて東京美術学校に入学するが、家庭事情のため三ヶ月で退学。同期にはのちに花の六年組（昭和六年卒）と言われる東山魁夷、橋本明治らがいた。画家となって千葉に住み力量を見せたが公募展には受け入れられず、同期の華々しい活躍に自分の本道をつくらねばと五十歳ですべてを捨てて奄美大島に移住。掘立小屋で裸同然の自活に入り、紬《つむぎ》染色工の蓄えができたら東京に絵の具を発注し制作に専念する生活を続ける。パンツ一丁で画布に挑む写真は近寄りがたい気迫がある。

日本画では未開の世界だった亜熱帯の奄美を描き、東京で画壇に問うつもりだったが、つねに一村を助けた最愛の姉の死を契機にその意欲は薄らぎ、昭和五十二（一九七七）年、奄美のすべての作品を未発表のまま、誰にも看取られず六十九歳で死んだ。花の六年組の東山魁夷は東宮御所壁画を描き、文化勲章を受章したのを知っていただろうか。

一村が没した二年後、残した画業の一端が南日本新聞に載り、昭和五十五

（一九八〇）年ＮＨＫ教育テレビ『日曜美術館』で「黒潮の画譜　異端の画家・田中一村」が放送されるや大反響となり、全国に巡回展が開かれ、ようやく知られる作家となった。このほどの初の大回顧展に先立ち、その番組も先日三十四年ぶりにＮＨＫで再放送された。それも見て満を持し出かけた。

予想していたが会場は大混雑だった。八歳の作からはじまり、若くして展開するさまざまな作風は、ほとばしる才能を抑えきれないようだ。自然植物への関心は一貫しながら、一村と号するようになった四十代ごろの千葉の風景画は点景の人物がほのぼのと心あたたまり、こういうのも描いていたんだと共感が深まる。

大屏風や何重もの襖絵《ふすまえ》などの大作からスケッチ帳まで、知らなかった初見作をじっくり見て、最後の奄美時代の展示へ。十六年前に見た「アダンの海辺」の海辺の砂礫《されき》が次第に遠くに小さくなり、やがて静かに寄せ来る入江の波につながる精密な描写を再確認する。題材は自然植物、蝶や鳥、神の島を遠望する海に絞られてきて、華麗に、またモノトーンにといくら見てもその場を離れられない。美術史家・山下裕二が雑誌に「戦後の日本画壇で最も評価すべき」と書いている通りだ。いま可能と思われる田中一村のすべてが集まったと思える大回顧展に圧倒され、二時に入場して出たときは、はや暗い五時になっていた。

これほど、自分の信じる絵にすべてを没入する画家の根源的な気迫を感じたことはなく、その作は日本画の枠などを遥かに超えて、唯一無二の画境に至った。

一村は、いずれ東京で個展を開いて世に問うことはもう捨てて没したが、しかし没後四十五年、一度は入学した母校となりの都美術館で、考えられる最大級の敬意を受けてその志は実現した。花の六人組は健在だった。美というものの生命力を感じないではいられない。一村の作品はまぎれもない永遠の古典となったのだ。


美術の良さは理屈も知識も何もいらず、ただ好き嫌いだけなこと。そして純粋な感動を得られること。家でテレビを見ていても何も豊かにならない。絵を見に出かけ、美しいものに感動できる自分に浸ろうではありませんか。

「田中一村展」にて

錫ちろり復活

十年も前、俳優の角野《かどの》卓造さんにいただいたお燗用の錫《すず》ちろりは、以来、毎日の晩酌に不可欠の道具になった。形は徳利型。台所のガス台に深い琺瑯《ほうろう》ポットで湯をわかし、ちろりの把手《とって》を肩にかけて沈めると、底もふくめてゆっくりと四方から温まる。差した温度計が四五～五〇度くらいで取りあげ、布巾で拭いて食卓に運び、少しずつ徳利に移し、徳利から盃に注いで一杯となる。ふうー、うまいのう。

沈黙していた酒の味をゆっくり解きほぐしてゆくのがお燗だ。それには時間がかかり、瞬間的に温度を上げるだけの電子レンジではできない。また低い温度でゆっくりお燗すると芯まで温まりいつまでも冷めないのは、ぬる風呂に長く浸かると湯冷めしないのと同じだ。夏目漱石は執筆のかたわら脇の長火鉢の鉄瓶に、酒を入れた徳利を上から紐《ひも》でぶら下げて浸し、燗を待っていたという。鉄瓶底にじかに置くと鉄瓶の温度が徳利に直接伝わってしまうからだ。

金属でもっとも温度に敏感なのが錫で、その保温力はお燗に最適だ。厚く重いほど高級で、値段も二万、三万と張る。そのちろりは長年使いつづけて、把手がぐらぐらするようになってしまい慎重に扱うようになった。

そんな折、昔の高校のクラス仲間と白川郷《しらかわごう》に小旅行し、富山県高岡に立ち寄った。加賀藩・前田利長、その弟・利常は、鋳物発祥の町大阪から呼んだ職人をもとに鋳物業を盛りあげ、高岡鋳物は明治に至って国内シェア九割にもなった。その象徴が明治四十五年から二十六年の歳月をかけて市内に鋳造した大仏だ。

高岡は以前にも来て、万延元（一八六〇）年創業の老舗・大西幸八郎商店で刀の鍔《つば》の文鎮を買った。今日もちょうどよいから錫ちろりを買おうとうかがうと、なんと若主人は私のことをおぼえてくれていた。そして買ったちろりは、上の間口が広いグラス型の把手つきで、最近の居酒屋ではこのまま出すことが多い。

これで日々しのげるとなり、古いのを製造元の京都「清課堂」に修理に出すことにした。「清課堂」は初代・山中源兵衛が天保九（一八三八）年に開業した老舗。錫銀銅各種金属工芸品の販売修理をおこない、宮中や神社仏閣、茶道家元にも納める格のある店で、私もときどき覗いていた。

折よく京都出張があり持参。構えが狭く奥に深いのは京町家の特徴。出てきたのはまだ若い人で、「この把手のぐらぐらを直したい。できれば籐巻《とうまき》も、この根元を花のように締めたのと同じで」という注文に「奥で聞いてきます」とやや頼りない。把手の熱をさますための籐巻は職人の腕の見せ場だ。

待つあいだショーウインドーを見ると、この徳利タイプのものはもうつくられていないようだ。花型に締めた籐巻のは一つもない。やがて戻り「同じ籐巻はできるかどうかわからない、できなければ普通の巻きになるがよいか、一ヶ月ほど時間をいただきます」とのこと。承知して預けてきた。

およそ一ヶ月後、修理を終えて送られてきた。よみがえったその姿の美しいこと。肝心の籐巻はみごとに寸分たがわず以前と同じで、できる職人がいたのだろう。長年の駆使でゆがんだ形も端正に元に戻っている。添えられた納品書は、〈籐巻修理・3300円、把手交換取り付け・2200円、上口歪みぐらつき直し・2200円、送料（関東・信越）1040円、計8740円＋税〉。職人手仕事にじつに安い請求だ。

美しくなって戻ったのを早速その夜、いつもの手順で口に含んで一驚した。うまい！　昨晩も飲んだ同じ酒だが、まるで味がちがう。

生まれ変わった錫ちろり

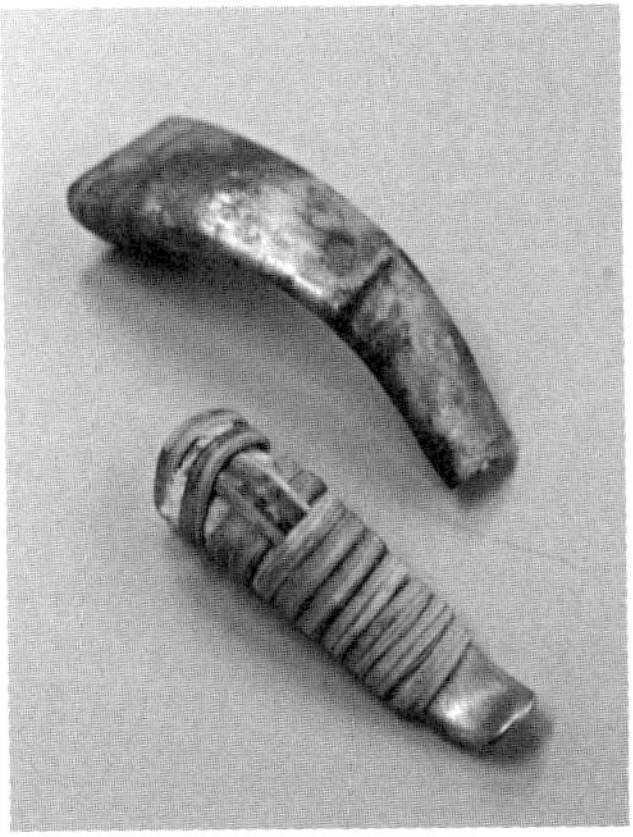

修理ではずされた古い把手

籐巻も美しく復元

ならばと、以前飲んであまりうまくなく、料理酒にしてくれと台所下に置いたのを燗してみると、これもまた結構飲める。

そうなのだ。このちろりをおよそ十年使いつづけ、しっかり味が染み込んでいたのだ。少し予想していたがこれほどの差があるとは‼

晩酌を終えた酒器はかならずすぐ洗い、ちろりと徳利は真水で満たしてひと晩おいて酒気を抜き、その後逆さまにして乾燥させるのを怠ったことはないが、それでもこれだけの味をつくるようになったのだ。

あらためて手に取って眺めるその姿よ。ここに一生の家宝が生まれた。

古酒を開封

家にはあちこちからいただいた貴重な酒がたくさんある。日本酒は基本的に一年に一回醸造してその年で飲み切るが、何年も寝かせて深味を増す「古酒」もある。そうなるのを楽しみにもしてきた。

これらはいつか祝いなどで開けようと思っているうち何年も過ぎた。そして私もいい歳になった。えい、このさい断捨離だ、もう飲んでしまおう。

＊

まずは「神亀　昭和五十六年醸造　大古酒」。

「神亀」は、それまでの大手酒造会社の桶買いブレンド酒やアルコール添加三増酒を否定し、日本酒に革命を起こした蔵。何十年も前、私はそこで日本酒の真価を知って通いつづけ、亡くなられた小川原専務にも親しくしていただき、今も日々愛飲している。

酒は製造するとすぐ出荷して商品とし、製造年月日は出荷の日にちだ。それをせずに何年も蔵に寝かせておくのは不経済で、その酒が良くなる保証もない。しかし専務は寝かす価値を知り、古いものを残していた。年代別に何十年も長期保存するのは場所も管理もたいへんなことだ。

この酒は、神亀が一九八七年に生産全量を純米酒に替える以前の一九八一年のものを「大古酒」として蔵出ししたのを、私がいただいた。昭和五十七年、五十八年醸造のものもある。今（二〇二四年）から四十三年も前につくられた酒は、七十八歳の私が三十五歳だったときのものだ。「純米酒、アルコール度17～17・9」とあるが、製造年月日（出荷日）はかすれて読めない。

開封して盃に。色は茶に変色し、ほとんど香りは立たず、アルコール度は減り、含むと甘酸鹹辛苦・五味のうち鹹《かん》（塩気）がやや残りながらすべては透明化。その味は「神聖」。常温でも燗してもまったく変わらないうまさの境地はかつて知らな

かった世界だ。これは酔うためではなく捧げるもの。神仏に手を合わすように精神が浄化してゆくまさにお神酒。正月など何かの節目にはこれを味わおう。

＊

次は「神亀ひこ孫大吟醸限定品　神泉醸延壽　一九九六年三月」。これは自分で買い、古酒にしてみようと家で寝かせ、二十七年過ぎたものだ。色はそれほどついていない。香りは落ち着いている。含むと、いつもの神亀の風格ある味が変わらず在る。神亀はどんな酒も蔵で一年間寝かせてから出荷で、もともと古酒熟成をほどこしており、いつ飲んでもまったくぶれがないなあと思っていた。この二十七年ものは味が均《なら》され、その深まった風格は年代の厚みが重なった仙境と言おうか。

そして気づいた。これは年代物のウイスキーと同じだと。私もたまにバーで年代物ウイスキーを飲み、時間をかけた深さとは

こういうものと知っている。その味わいと同じで、がぶがぶ飲む酒ではない日本酒が到達した年代酒。口の中に三分間は滞留させせないともったいない。つまみはブルーチーズにしよう。

＊

次は「奥播磨　純米吟醸雄町五拾　袋吊り斗瓶取り　瓶燗急冷済　12ＢＹ」。12ＢＹは出荷年度平成十二（二〇〇〇）年のこと。たしか兵庫県の蔵を訪ねたときいただいたもの。肩ラベルに細かい説明がある。

〈〝袋吊り斗瓶取り12ＢＹ〟蔵人達の手により吊るされた酒米からは、しずく酒が一粒一粒〝水滴〟の如く音を奏で、蔵の中に響き渡ります。この袋吊り斗瓶取りは、一工程でわずか百本（一升瓶××）程度しか搾にならない特殊な技法で、その酒×は一切無駄な圧力を加えず、惜しみなく時間をかけて丁寧に搾る事により、優しく繊細

な膨らみのある味に仕上がります〉×は不明字。

〈〝水滴〟の如く音を奏で、蔵の中に響き渡ります〉にこの酒への愛が読み取れる。

その二十四年眠っていた四合瓶をいま開ける。

まず鼻へ。香りは強くない。盃に注ぐと濃厚な黄金色に変色している。ひと口含み、じっと口の中に留める。はじめは無表情だったのが、ゆっくりと香りが立ち、味も湧いてくる。香りはほうじ茶に似ている。味はまず甘味が来て、次に酸味が湧き、その底から次第に、強さを感じさせる辛み、酒らしさがゆっくり頭角を現してきた。その間およそ三分。眠っていた酒はゆっくり目を醒まし、出来たてはどうだったか知らないが、これは男らしい酒だ。

次にお燗。燗温度は五〇度のやや熱燗。温めにより完全に覚醒した味は俄然、華やかさが加わり「男伊達《だて》」と言うがふさわしい。これに合う肴は秘蔵のカラスミと冷蔵庫に向かった。

＊

次は「へのへのもへじ　純米吟醸秋鹿一貫造り　全量自営田無農薬山田錦　無濾過原酒限定品　二〇一二年三月上槽」。

秋鹿の蔵は大阪最北の山間部、豊能郡能勢町にあり、かつて自家田の田植えに来ないかと誘われたことがあった。これだけ一貫してこだわった名酒なのに、かえって照れてしまったかのような「へのへのもへじ」を落書きしたラベルはまったくもったいない。

開栓。かなり濃い黄金色のをそのまま口に含むと、甘く濃い艶《つや》が口を占領する。

お燗は、歳のころ四十を過ぎ、もう怖いものないまでに成熟した女性の妖艶そのもの。そっと口を隠してふふと笑うお局様が、身も心もとろけさすとはこのことか。

十二年寝かせて枯れるどころか、円熟は妖艶に転化、これは虜《とりこ》にされる危険な酒だ。

たまたま今日の晩酌の肴、カツオの厚切り刺身の真っ赤に濡れた肌がぴたりと合い背徳の境……。

おおげさと笑わば笑え、新酒では絶対に味わえない、寝かせたからこそ生まれた味、肌触り。日本酒にこんな境地があったのだ。

＊

もう一本は「菊姫　純米酒　平成二十六年度　山田錦100％」。

二〇一四年製だからちょうど十年。香りはかすかに減り、山田錦の派手さが若さとして残りながらとろりと艶然。もともと女らしい優しさのある酒が、甘さを保ってW円熟した女優の如き。お燗すると酸味が立ち、何か食べたくなる。これには、そうだ「煮こごり」なんかどうだろう。などと思いながらお銚子二本空けてしまった。

日本酒の古酒はいずれウイスキーと同じように、寝かせた年代が味を深くする、味

わう酒と認識されてゆくだろう。バーや居酒屋で「神亀の十年物、あれくれ」と。

気がつけば私自身がすでに古酒だ。あと何年生きるかわからないが、今日からまた円熟を求めて古酒を育てよう。

サントリーと資生堂

大学でデザインを勉強し、四年の就職期になった。当時デザイナーに憧れだったのが宣伝御三家といわれた、サントリー、資生堂、松下電器だ。私はサントリーと資生堂を受けることにした。ともに一般社員とは別の専門職採用試験で、筆記、作品提出、課題制作、面接など、サントリーは三次、資生堂は五次試験まであった。

両社の試験日が重なることを恐れたが幸いそれはなく、資生堂の試験を続けながら、サントリーの最終社長面接になり、新品のスーツで大阪本社に向かった。受験者控室にいたのは五人ほどだったか。この面接で合格すれば入社だ。

番がきて入ると、社長を中央に役員や人事部、宣伝部などが十人ほどいた。私は、学生でも知る名物ワンマン社長・佐治敬三に好印象をあたえれば合格だろうと、どの質問が来ても社長の顔をまっすぐ見て答えようと決めた。

最初に「後ろを見てください」と言われて振り返ると、吉永小百合をモデルにした赤玉ハニーワインの車内吊り広告があり、「これについて思うことを述べよ」となった。

ははあ、こうきたか。一瞬考え、褒めてばかりでは主張がない、全面否定ではウチに合わないと思われる。ここは半分褒めながら自分の意見も言うとしよう。

「モデルはよいです、しかしキャッチコピーが……」

あれこれ訊かれる間、佐治社長はひと言も発せずまっすぐに私を観察していた。そして最後にひと言だけ口を開いた。

「太田さん、あなたは他にどこを受けてますか?」

想定外の質問にぐっと詰まった。もしかすると調べがついているかもしれない、嘘を言うと思われたらだめだ、ここは正直作戦だ。

「資生堂です」

「ああ、あそこもいいですね、そちらに受かったらどうしますか?」

これも想定外、しかしもう正直にゆくしかない。

「そのとき考えます」

「はい、ごくろうさん」

その返事で面接は終わった。

バカである。なぜ「御社に入れていただければ資生堂は断ります」と言えんのだ。数日後に不合格通知が来た。ちなみに合格者はゼロだったそうで「若干名採用」の募集なのにいいのかと思ったが、資生堂に望みをかけるしかなくなった。

当時は「寿屋《ことぶきや》」だったサントリーの新聞広告は子供のころからよく見ており、中学生のとき美術の授業のデザイン実習で、そのころ目をつぶっても描けた「Ｔｏｒｙｓ」のロゴを使い、ウイスキーグラスを七色に塗り分け「甘いムード」とコピーを添えて提出。先生の評価は「子供らしくない」だったが、あれがわがポスターの処女作ではあった。面接でその話でもすればよかったかな。

一方資生堂の入社試験は精密を極め、課題作品提出は、包装紙・香水「禅」の海外向け雑誌広告・営業報告書表紙と三つもあり、私は熱意を見せようとすべて二作ずつ提出。面接はまず人事部長、次いで宣伝部長、最後に社長と三回あった。

今から考えればサントリーは、人物（面白そうな、か）をじっくり見る、資生堂は力量と品行を見る感じで、それは酒＝男性、化粧品＝女性のちがいかもしれない。ともかくも資生堂に合格して私のデザイナー人生ははじまった。

やがて資生堂で二十年ほど勤めたのちデザイナーとして独立。五十歳ごろからデザインと並行して文を書くようになった。

＊

あのときサントリーに入っていればどうなっただろうと考えるときがある。私が書くのは日本酒についてばかりだが、日本酒は女性的な、ウイスキーは男性的な酒だ。サントリー受験は、もちろん同社の大人っぽいエスプリに満ちた広告に魅力をもったゆえだけれども、宣伝部在籍のまま芥川賞や直木賞を受賞した開高健や山口瞳を生んだ文学的な社風に憧れたのだった。資生堂は広告の美的表現に重きを置き、サントリーは文学的表現に味わいを見せ、広報誌も「花椿」は先鋭的なグラフィック、エスプリが利いて読ませるのは「洋酒天国」。つまり資生堂は女性の、サントリーは男性のイメージだった。また資生堂はすべてはえぬきの社内デザイン室で制作、サントリーは時の勢いあるデザイナーにどんどん外注した。

資生堂時代に、サントリー宣伝広報担当の方と知り合いになり、酒飲み話で、資生堂に入社したとき先輩から「女性問題を起こしたらクビ」と言われたと話すと、サントリーの彼は「ウチは飲酒運転とか、酒で問題を起こしたらクビ」と。「女性は？」と聞くと「まあそっちはいいんじゃないの」と笑ったことがあった。私が資生堂を退社するときの送別パーティーは資生堂パーラーで開いていただいたが、フリーになったお披露目の自主パーティーは、当時赤坂にあったサントリー本社のレストランを借りた。

その後サントリーの雑誌広告を頼まれ、その時が来たと思ったり、ビールのＣＭで沖縄ロケしたこともある。また季刊誌「サントリー・クォータリー」から原稿依頼されたりもした。入社試験は落とされたが、サントリーにはつねに勝手に親近感を抱いていた。

このごろ年齢のせいかウイスキーを飲むようになった。飲み方はツワイスアップ。舌が濡れる程度よりやや多いくらいをゆっくり口に溜め、味わったと見きわめると飲み込む。その後の余韻が長い。日本酒に肴は欠かせないが、ウイスキーには何もいらない。ぐびぐび飲まないからその間は考えごとになる。私の文も変わってゆくかもしれない。

資生堂150周年の幟なびく銀座

わがオーディオ遍歴史

音楽好きの私。就職した初ボーナスで買ったパイオニアの大型家具調ステレオは、左右一・五メートルほどもあり、狭い下宿を占領したが大満足。あわせて銀座の日本楽器で買っておいた最初のＬＰ一枚は「ベスト・オブ・フォー・シーズンズ」だった。これが第一次オーディオセット。

以来コツコツとレコードを買い集めること数十年。一〇〇〇枚をゆうに超え、重いゆえに置き場所も苦労。またオーディオも時代を経て小型化し、プレーヤーはパナソニックの高級に替え、スピーカーも小型に。これが第二次セット。

当時新登場した音源のＣＤ《コンパクトディスク》は、小型で持ち運びに便利程度の認識で、それ用にＢＯＳＥ《ボーズ》のＣＤプレーヤー付きラジオを買い、仕事場と大学研究室の両方に置いた。この機器はたいへん優秀で今も愛用している。あのころは山形にある大学への通勤で忙しく、レコードを聴く時間はあまりもてなかった。

大学をやめて時間がとれるようになり、たまったレコードを聴き直そうと専用棚をつくってずらりと並べ、この機会にオーディオ一新を考えた。たまたま知り合ったオーディオ評論家の人に相談すると予算を聞かれ、「二〇万」と答えると「少し足りないがやってみる」とご返事が。

そしてそろえられたのが、アンプ＝SOUND真空管アンプValve100se（国産）、レコードプレイヤー＝REGA NEWPLANAR3（イギリス）、スピーカー＝ALR JORDAN LOUDSPEAKER（ドイツ）。定評ある品の中古を集め、実質三〇万とのこと。真空管アンプにしたのは、主に聴くのは女性ボーカルということで温かみのある音が出るようにしたそうだ。これが第三次セット。

以来、聴くこと聴くこと。レコード収集も拍車がかかり一五〇〇枚以上に。あわせて専用ＣＤプレーヤー「TEAC CD-501HR」を秋葉原で購入。ＣＤも一〇〇〇枚を超えただろう。

古いものも大切に

午前中はバロック、午後を過ぎて壮大な交響曲、夕方からは静かな室内楽、夜になるとジャズ、そして中南米音楽と、まことに音楽こそは仕事で堅くなった頭を柔らげてくれた。

それが十五年ほど過ぎてどうも調子が悪くなった。原因はおそらくアンプで、時折ガーと雑音が混じる。スイッチを入れたり切ったりを繰り返すと消えるが、どうも安定しない。あるとき知り合った方がオーディオ趣味と聞き、それを話すと「真空管の限度でしょう。真空管は要するに電球ですから消耗はあります」の説明に納得。そうか、いよいよ第四次に踏み切る時期が来たか。

私は考えた。もう人生晩年だ。ケチせず、納得のゆくものをそろえて最後のセットとしよう。しかし当方は完全な機械音痴で手も足も出ない。世にオーディオマニアは大勢いて、そういう雑誌も見て、一つの機器が二〇〇万、三〇〇〇万は当たり前の世界という。さてどうするか。

その方は金融界に地位のあるおだやかな紳士で尊敬していた。畏《おそ》れ多いがアドバイズをお願いしよう。まず、いま手持ちのセットの説明書のコピーを送り現機を知ってもらう。そして杉並のご自宅を訪ね、マニアはどういうセットかを見学し、音を聴かせていただこう。

うかがったオーディオ室は、床の間もある広い和室に、大型・小型スピーカー、アンプ、プレーヤーなどが何台も林立し、床を這《は》うコードは足の踏み場もない。いったい何セットあるのだろう。これらをいろいろ組み合わせて音質を変えて楽しむとか。たしかに同じ盤のベートーヴェン「田園」をセットを替えて鳴らすと明確に音質がちがう。そのすべての澄んだ音の臨場感、ボリューム感に完全に圧倒された。これはふだん聴いているものとは別世界だ。私は「すべておまかせします」とうなだれるしかなく、大きな出費も覚悟した。

氏の考えた方法はこうだ。とりあえずプレーヤー、スピーカーは現状でゆき、心臓部のアンプを、氏の手持ちの中から二機選び私の仕事場に配送。数日後の休日に来て結線し、聴いてもらう。氏の部屋いっぱいの高級機に比べ、私のセットなど恥ずかしいが仕方がない。せめて失礼にならぬよう裏面配線コードのほこりなどをきれいに拭いてお待ちした。

氏はそれを眺め「なるほど」という顔。そして配送された二機の箱を開けにかかり、その柔らかな薄布団で巻かれた丁寧厳重な包装に驚いた。ここまで愛情をもっているのか。古い機器をはずし、新機を黙々と結線するまわりで私は邪魔にならぬようにするばかりだ。

やがて整い、さあ鳴らしてみましょうとなった。「田園」だ。操作を教わり、レコードの針を落としたが、シャーともなんともまったく音がしない。

と思いきや、谷底から湧き上がるようにあの繰り返しが静かにはじまり、やがて大音響にいたる素晴らしさ！　ここぞとボリュームを上げれば仕事場いっぱいにオーケストラが鳴り響く。これはまったく新次元だ。目を丸くする私に、氏は「いいんじゃないですか」とにっこりしてくれる。

オーディオ好きは一つのセットでは満足せず、いろいろな音世界をつくるため、ネットの中古市場を駆使して自分の名機を見つけてゆくのだそうだ。交換に手持ちを売ることも日常で、そのために箱は絶対捨てずに残しておく。私は古くなったのは新聞広告の「高価オーディオ買い取り」にでも出すのかと思っていたが、「それはいけません。今まで何年も音楽を味わわせてくれたものに感謝しないと」と保存を強く言われた。

決定したアンプは「DENON RCD=CX1 スーパーオーディオCDレシーバー」

十八万七〇〇〇円、すでに生産終了したものという。この一台でレコードもＣＤもラジオも聴け、中堅者向けの決定版とすべくつくられた形は美しく、そっと撫でたくなる。先日佐賀のご実家に帰省された折、まだあまり使っていないこれが合いそうなので、東京の自宅に送り、ここに配送したそうだ。

それを「どうぞ存分に使ってください、飽きたら返してください」とのお言葉。つまり無償貸与。ために箱その他はそのまま保存しておいて欲しいと。深々と頭を下げ、すべておっしゃられるままにした。今のスピーカー、プレーヤーはまだ大丈夫。上を見たらきりがない、環境に合った好みの音に至るのが面白みとほほ笑む顔は、この人に合うものを設定できた満足感に見えた。

以来ふたたびまた聴くこと聴くこと。レコードも買うこと買うこと。盤はプレーヤーに置く前にかならず防埃スプレーを吹き、ネル布クリーナーで拭きまわすことも徹底。澄んだ音質、安定した走行はまことに頼もしく、聴き慣れた盤を音質を変えて聴き直す楽しみを知った。

第四次のセットで私の音楽世界は深まり、ここに終《つい》の墓が定まった。

わが愛器「DENON RCD=CX1
スーパーオーディオCDレシーバー」

クリスマスソング

今年もクリスマスがやってきた。

私のクリスマスはクリスマスソングを聴く日々。そのレコードやCDはだいぶ集まった。「サイレントナイト」「ホワイトクリスマス」「ジングルベル」「サンタが町にやってくる」「赤鼻のトナカイ」「ママがサンタにキッスした」などおなじみのナンバーにオリジナルも加えた「クリスマスアルバム」をつくれるのは、実力ある国民的歌手として認められることなのだそうだ。

私のコレクションは、

・ホワイトクリスマス（ビング・クロスビー）
・クリスマス・イン・マイ・ハート（コニー・フランシス）
・エルビス・クリスマス・アルバム（エルビス・プレスリー）
・メモリーズ・オブ・クリスマス（エルビス・プレスリー）
・ア・キーリー・クリスマス（キーリー・スミス）

・クリスマスレディ（スー・レイニー）
・ブレンダ・リー・クリスマス・デラックス（ブレンダ・リー）
・メリー・クリスマス・フロム・レナ（レナ・ホーン）
・クリスマス・ウイズ・ザ・レノン・シスターズ
・クリスマス　ポートレイト（カーペンターズ）
・サムデイ・アット・クリスマス（スティービー・ワンダー）
・モータウン・クリスマス（モータウンレーベルのシンガー）
・ドゥーワップ・クリスマス（十八のグループ）
・クリスマス・アルバム（ハーブ・アルバート&ティファナ・ブラス）
・クリスマス・ソングス（ダイアナ・クラール）

＊

アメリカの国民歌手ビング・クロスビーの「ホワイトクリスマス」は定番中の定番。〈I'm dreamig of a white Chiristmas……〉十二月になれば彼の声が巷《ちまた》に流れる。

コニー・フランシスはアメリカン女性ポピュラーシンガーのトップ。艶やかでドラマチックな泣き節は、十数枚のアルバムをもっているがすべて聴きごたえがある。もちろんクリスマスアルバムもあり、「ホワイトクリスマス」は癖のないお父さん声のビングとちがい、誠実な心のこもった最高の名唱。「サイレントナイト」「アベマリア」もこれほど深い曲かと知らされる。「ベイビーズ・ファースト・クリスマス」も心温まる一曲。

一方、アメリカン男性ポピュラーシンガーのトップはもちろんエルビス・プレスリー。「ホワイト」に対抗するようにつくられた「ブルークリスマス」、〈I have a blue Christmas without you……〉と、一人でクリスマスを過ごす淋しさを切々と歌い上げて胸をしめつける。発売当時、不良問題児のプレスリーがクリスマスを歌うとは、と放送禁止運動まで起きたそうだ。しかし彼は熱心なキリスト信者で、その後も数々の賛美歌的セイクレッドソングアルバムをつくっている。私はこの二分半ほどの曲を聴くとかならず涙が流れ、今日もそうだった。他方「サイレントナイト」「ホワイトクリスマス」は、神妙に歌いはじめながらも一転、彼らしい節回しに移行するのがいい。

私の絶対的なナンバーワン女性歌手キーリー・スミスのクリスマスアルバムをみ

つけたときはうれしかった。「ホワイトクリスマス」にはじまるナンバーはクリスマスキャロルへの気負いはない気軽な歌い方。二曲目の「クリスマスアイランド」はハワイ調でのんびりするが、それでも曲が進むと、持ち前のややくすみがかった艶やかな声の張り、歌い上げる調子がこぼれはじめて聴かせる。日本の童謡「お正月（もういくつ寝るとお正月〜）」のような、今さら歌手が歌わなくてもという「ジングルベル」を男性コーラスをバックにてらいなく歌い、シャンシャンというベルが次第にフェイドアウトして去ってゆく。中盤「サイレントナイト」はさすがの歌唱力。終曲は「ブルークリスマス」でプレスリーを意識してか、わざと気軽に「ブルーでもいいや、シャワーあびて一人で楽しもう」ムード。しかしやっぱり聴かせてしまう。キーリーってやっぱり最高だなあ。

女性歌手スー・レイニーは十七歳の初吹き込みですでに落ち着いた節回しのできていた実力派。それもおばさん年齢になり「そろそろいかがですか」とつくられたようなクリスマスアルバムは、巧みな編曲による都会的ジャズフィーリングがご機嫌だ。

ハスキーにどことなく少女さが残るブレンダ・リーの「ホワイトクリスマス」は

素直に歌う良さ、終曲の「サイレントナイト」は歌詞をわが言葉として語り口調で歌う敬虔さがいい。

美人四姉妹「レノン・シスターズ」は、「ジングルベル」をまことに軽快にハーモニーをつけて歌いほのぼのさせる。ハワイアンで味付けした「クリスマスアイランド」もよく、クリスマスの夜、家族で聴くのにぴったりだ。

荻窪の名中古レコード店「月光社」でレナ・ホーンのアルバムを三枚買ったところ、音楽に詳しい店主から「ちょうど彼女のクリスマスアルバムがあるが、白ラベルの試聴盤でジャケットがないので三〇〇円」と言われて即購入。「ラスベガスの女王」といわれたレナらしく、ダイナミックなビッグバンドでドラマチックに歌い上げ、ライブショーを見ているような珍しいクリスマスアルバムだった。

〈世界の《カーペンターズ》ファンが待ちに待ったクリスマス・アルバムが遂に送られてきた〉と中面解説に書かれる「クリスマス・ポートレイト」は、七〇年代ポピュラー音楽界でミリオンセラーを連発したカーペンターズが満を持して吹き込んだ盤で、壮大な序曲にはじまり世界各国のキャロルをさまざまなアレンジでメドレー、スコットランド民謡「グリーンスリーブズ」が入るのもうれしく、ミュージカル調に切れ目ない華やかな連続演奏のなか、満を持して歌がはじまり、高音から低音まで伸びやかに艶やかなカレン・カーペンターの歌声は気合いが入る。男性歌手メル・トーメ作曲の「クリスマスソング」の温かな情感。A面終曲の「サイレントナイト」は、それまでの華やかなバックが一転静まり、静々と歌いはじめる声は、この曲を歌うときが来たのだと自覚したような祈りがこもり、涙なくして聴けない名唱だ。

盲目の天才ソウルシンガー、スティービー・ワンダーにもクリスマスアルバムがある。A面トップ、オリジナル「サムデイ・アット・クリスマス」からはじまり、二曲目の「シルバー・ベルズ」は、粘り強い発声、シンプルな伴奏が黒人ソウルシンガーの歌うクリスマス曲はこういうものかと目を見開かせるが、単にポピュラー化したのではなく、底には敬虔な気持ちがしっかりこもるとわからせる。三曲目の「アベ・マリア」は自身のピアノ伴奏でラテン原語で切々と歌い上げ、途中からハーモニカに持ち替えて間奏、そしてまた歌へ。アメリカは黒人国家でもあり、クリスマスソングとは人種や音楽ジャンルを超えた存在と知らしめて感動的だ。

ソウルならば殿堂モータウンレーベル。「モータウン・クリスマス」は所属の人気シンガーの競演による名盤。テンプテーションズの「ホワイトクリスマス」のしわがれ声でささやく歌声は人間味があり、ダイアナ・ロス&シュープリームスの「サンタが町にやってくる」は、いつもと変わらない粘っこくセクシーな声、バンバンとビートを後押しする伴奏に思わずニコニコ。スモーキー・ロビンソン&ミラクルズの「クリスマス・エブリディ」は、ブンチャ、ブンチャのドラムにエレキギターがペンペン鳴り、ブラスセクションとコーラスがフレーズを繰り返し腰を振って踊り出さずにはいられず、聖なる日をクラブですごそうとうれしくなる。

ドゥーワップとは一九五〇年代アメリカで流行した、R&Bをベースにした五人ほどの黒人コーラスグループの唱法。リードボーカルにバックコーラスが「バババババー」などとリズムを加えてコーラスをつける。「ドゥーワップ・クリスマス」は十八のドゥーワップグループのクリスマスソングを集め、どれも粘っこく魂のこもった歌い上げがすばらしい。

ソウルがあるならマリアッチだって。小刻みなトランペットが楽しいハーブ・アルバート&ティファナ・ブラスの「クリスマス・アルバム」は、ラテンのクリスマスキャロルという「ラス・マナニータス」が異国情緒があるが、ほかは凝りすぎて凡作。

六〇年代後半からポピュラーミュージックシーンはロックが主流となってジャズはすっかり衰退し、雰囲気づくりのＢＧＭとなっていった。一九九〇年に登場した女性歌手ダイアナ・クラールは、乾いた歌声としっとりしたフィーリング、自らのピアノで往年のジャズをみごとに復活させ五度のグラミー賞にかがやいた、まさに「女王」。当然のように吹き込んだクリスマスアルバムは、ポップで軽快なアレンジの「ジングルベル」、都会的情感の「ホワイトクリスマス」など期待に応える一枚となった。

＊

というわけで無理して決めれば代表曲の名唱は、
「ホワイトクリスマス」コニー・フランシス
「ブルークリスマス」エルビス・プレスリー
「サイレントナイト」カーペンターズ

「ジングルベル」キーリー・スミス
「シルバー・ベルズ」スティービー・ワンダー、か。
アルバムで選べば、もっともクリスマスムードに遠いと思われるジャンルながら、底には敬虔な祈りのある「ドゥーワップ・クリスマス」を奨めたい。

クリスマスアルバムはアレンジは凝っても、歌手は歌い手である前に一人の人間として心をこめ、二度する仕事ではないから誠実なものを残そうとしているところがいい。これからも見つけたらそろえてゆこう。

いずれも名盤アルバム

この一年

二〇二三年もあとわずかになった。三月に七十七歳、後期高齢者も板についた一年はどうだったか。

今年は五冊、本を出した。

『書を置いて、街に出よう』晶文社
『映画、幸福への招待』晶文社
『人生を肴に　ほろ酔い百話』だいわ文庫
『日本居酒屋遺産　西日本編』トゥーヴァージンズ
『伝説のカルト映画館　大井武蔵野館の6392日』立東舎

はじめの二冊は連載をまとめたもので発行が今年になった。次の文庫は書き下ろし。あとの二冊は長年の懸案がようやく形になった。エッセイ、映画、取材、記録といろいろ、今の私の現況だ。

映画好きとして今年見たのは八十六本。ベスト5は、

『結婚適齢期』監督：青山三郎（国立フィルムアーカイブ）
『グラマ島の誘惑』監督：川島雄三（ラピュタ阿佐谷）
『銀座カンカン娘』監督：島 耕二（神保町シアター）
『桃の花の咲く下で』監督：清水 宏（神保町シアター）
『ジャズオンパレード　ジャズ娘乾杯！』監督：井上梅次（ラピュタ阿佐谷）

昨年は一〇九本だったので今年は忙しかったのか。監督では川島雄三を十四本見て、この人の作品は二度でも三度でも、かかれば行く人になった。しかし掘り出し物上映に熱心に通うのが次第に億劫になり、老後用に録りためたテレビ録画や買い込んでおいたDVDを仕事場で見るようになってきたのは、まさにその時来たるか。それでも大スクリーンで見る感動は捨てられない。来年はもっと見る。

演劇は四本。

「誤餐」コント赤信号（下北沢スズナリ）
「丹下左膳23」椿組（新宿花園神社野外劇場）
「少女都市からの呼び声」シアターミラノ座（東急歌舞伎町タワー）
「桜の園」PARCO・STAGE（PARCO劇場）

大ファンゆえ、かならず行くとしていた古田新太の「薔薇とサムライ2　海賊女王の帰還」も「劇団☆新感線43周年興行　いのうえ歌舞伎天號星」も結局見逃した。演劇だけはそのとき行かなくては見られない。こちらも来年は実行だ。

テレビ『太田和彦のふらり旅　新・居酒屋百選』（ＢＳ11）は四月からの、月二本新作、毎週放送のペースがようやく身につき、それまでのコロナ禍を家飲みやオンラインでしのいできた二年を吹っ切るように、五島や瀬戸内などあちこちにロケ。ようやく本来の日本の旅取材に戻った。

出版やテレビにともない、トークなどさまざまなイベントが続いた一年で、これもコロナ禍の後を受けたからか。ゲスト参加した大阪髙島屋の日本酒祭も大盛況。人々は外に出たいのだと実感した。

旅行は六月に、家内の九十一歳になる母を、新幹線グリーン車を奮発して故郷岡山にお連れし、夏八月には「一度訪ねてみたい」と言っていた、私の故郷信州の実家に長滞在していただけて良かった。お元気に体の動くうちだ。

私の高校三年一組の数名による白川郷小旅行なるものもあった。さらに田舎の中学校を卒業後、六〇年ぶりに初めて参加した中学同級会はまことに良かった。旧友こそ大切にしなければ。

大学教え子たちが新宿で開いてくれた「太田先生の喜寿を祝う会」は、三十数名も集まり花束贈呈では涙が。その後、夏は那須でキャンプ、冬は芋煮会と交流は続き、これが私にはいちばんうれしい。来年は久々、また修学旅行しようという話も出ている。

健康については、三月の内視鏡検査が問題なかったのでひと安心。要注意の糖尿病も節食と運動でまあまあしのいできた。酒は週一日の休肝日がすっかり定着。その翌日の酒のうまいことよ。ただし酒量は目立って減った。まあいいことだ。

振り返ればこの一年は「コロナ明け」で人の動きもようやく活発になり、それにともなって私も出かけることが多かった。これも体あっての物種《ものだね》。いずれは介護老人でケアセンターだ。今のうちにできることをしておかねば。仕事ではない居酒屋飲み、一人旅。温泉にパソコン持参で仕事をもっての自炊長逗留湯治もいい。したいことがいっぱいある。

「ナニ自分勝手なこと考えてるの！」

女房の言葉がとんできた、家庭サービスもしなきゃ。

春来たる

　毎年正月を過ぎた一～二月は、外出や仕事は控えて心身のメンテナンスにあてる。昔この時期にロクでもないことが続き、これは私の周期なのだと思った。以来、人間ドック検査や歯の手入れ、仕事場の不要資料の整理などで、おとなしく毎日をすごす。昔やった仕事を見直したりするのもこのときだ。そうして三月三日、私の誕生日が過ぎるとゆるゆると始動する。

　今年で七十八歳はとうに引退の年齢だが、三寒四温。外はまだ寒くてもやんわりと春の気配がしてくると、まあもう少しやれよと言ってくれているようでうれしい。

　春の兆しは植物から。自宅居間のハイビスカスは三十年以上も前、初めて行った八丈島でみやげに買ってきた小鉢の一本が枝分かれして伸びつづけ、私と一緒に成長してきた。今や天井まで届き、枝は横伸び状態だが、さすがに近年は葉も少なくなってきた。しかし春先には花をつけてくれる。今年も小ぶりながら真っ赤な一輪が咲きうれしい。妻はそれを写真に撮り、奥の古箪笥上の雛飾りを構図に入れた。

雛飾りは妻のもので二月になると出し、三月三日の翌日にすぐ片づけるのは、いつまでも出しておくと嫁に行けないという古訓ゆえだ。それももう過ぎたが。

私の部屋の窓辺にも、昔、盛岡で買った小さな雛人形を置く。雛は女の子の節句だけれど、私には誕生日のしるしだ。そこには両親の写真が置いてある。毎朝身支度を調えた出勤前に一礼すると、しっかりやってこいよと送り出してくれる。

一方の三角出窓に置いているシクラメンが、知らぬ間に三輪咲いていたのもうれしい。出窓は日当たりが良いのだろう。花は正直だ。

離れて並ぶ石三個は、昨年長野の姪を訪ねたとき小さな子たちと近くの川原に遊びに行き、そこで拾ってきた。まったくの自然の石は、なにか心の支えになる。

棚に二個置く、暮れに仕事場の大家さんからいただいた熊本の巨大な柑橘「晩白柚《ばんぺいゆ》」もそろそろ皮を剝こう。その脇に、先日の毎月の句会で、久々に「天」をとってしたためられた短冊を置いた。兼題は「たんぽぽ」。

たんぽぽや小さき願い叶うべし

私の小さな願いも叶いますように。

今年も花をつけたハイビスカス。
奥に雛飾り

熊本の晩白柚は直径約20センチ

長野の川原で拾ってきた石

Ⅲ　自分の旅に出る

初めての一人旅

初めて旅らしい旅をしたのは、信州松本の高校二年のとき。

友人と二人、制帽に学生服の無銭旅行ヒッチハイクで京都、奈良を訪ねた。深夜便のトラックに乗せてもらい翌日京都で降り、夜になってある小学校の宿直室を訪ね、今夜体育館の隅で寝させてくれと言うと、そこに来ていたＰＴＡ会長の方が「ならうちに来なはれ」となった。その方は錦で湯葉を扱う問屋で、大勢の小僧さんがいて「皆で仲良くやれや」と言ってくれた。

翌日は、奈良天理の天理教宿泊所が誰でも食事付きで泊まれるが、朝ぞうきん掛けをさせられると教わり、その通りにした。一緒に行った友人はその後、京都大学に入り湯葉屋さんに挨拶に行ったそうだ。でもこれは二人旅。

大学生から社会人になり、出張など一人で出かけることは日常だったが、遊び半分の「一人旅」としては、はるか後年の一九九三年・四十七歳のときだ。

グラフィックデザイナーとなった私は、新潮社の雑誌の仕事をしていて、あるとき月刊誌「小説新潮」編集者から「何か書いてみませんか」と声をかけられ、どこに取材に行ってもよいと言う。

「二泊三日くらい、お一人で。いろんな領収書はもらってきてください」「何枚くらい書けばよいですか？」「どうぞ好きなだけ」

しめしめ経費で飲めるというわけで大阪に。大阪は何度も行っていたが居酒屋目的ではなく、この機会に関西の居酒屋の特徴を書いてみようと考えた。当時はグルメガイドや居酒屋本などは何もなかったが、行き当たりばったりをその通りに書いていけば、大阪らしさが浮かび上がってくるだろうと。

まずめざしたのは飲み屋街で知られる十三《じゅうそう》。看板、提灯がひしめき、玄関幅いっぱいの、のれん、又のれんには〈大阪一安い〉〈味一番大盛〉〈大衆酒場〉など率直な文字が「なるべくでかく」書かれて圧倒する。どて焼、ホルモン焼はどこにもあり、ガラスケースにはすぐ出せるようタコぶつや皮くじらなどの小鉢が並び、白上っ張りの男が忙しげに働く。もつ焼屋のカウンターに座るとすぐ「何本？」と聞かれ、「いらっしゃいませ、お一人ですか」などの挨拶は抜きだった。

翌日昼に訪ねたジャンジャン横丁は〈酒二合のんだら一合サービス、酒タダ！〉

の看板もあり、すでに軒並み居酒屋は開店して客がうまそうにビールを飲み、昼酒は当たり前の地と知る。旅記事ゆえ街も書かなければと通天閣に上って大阪を眺め、降りた地下の通天閣歌謡劇場は昼間から客で埋まり、次々に登場する地元演歌歌手の歌を桟敷に横寝して聞いていた。

さらに訪ねた、昔のままの遊廓が残る〝ディープ大阪〟飛田新地《とびたしんち》は、昭和三十年代そのままで、ここでも昼間から親父が一人でぶらぶら歩き、遊廓玄関には、やり手婆がおいでおいでと招く。

立ち飲みに入りビールをひと口飲んでハッとしたのは「なんだこいつ」という常連たちの視線だ。しかし一瞥《いちべつ》でたちまち私への興味は消えたようだった。

そのうち、安いうまいだけの店には飽きてきた。当初の「古い大阪の味がしみ込んだ居酒屋で、静かに一杯やる」望みは叶えられそうもない。翌日、阪急電車で三宮《さんのみや》に向かい、そこで望みを達成したところで、この一人旅は終わった。

初めての一人の取材旅は、同行者がいないゆえにすべて自分で行動しなければならず、おのずと観察は鋭敏になり、正確な店名、料理名表記、値段など、もっとも大切な「メモをとる」ことを身につけた。そこには料理のスケッチも。

以上を「大阪の居酒屋のタコの湯気」と題して三十枚の原稿にすると、担当者はこんなに書いたんですかと驚いたが、無事掲載された。

ルポは好評だったらしく、その後、青森、松本と場所を変えてまた書き、やがて月一回の連載になり、三年続いて『ニッポン居酒屋放浪記』という本になった。

デザイナーだった私はいつのまにか「居酒屋探訪家」と言われるようになり、そんな本を数十冊も書き、一人で居酒屋を訪ねるテレビ番組も十年以上続いている。

一人の旅は、交通や宿泊の手配も、精算も、現地で何をするかも、すべて自分で決める行動力が必要で、相談相手がいないと何もできない人には無理だ。しかしそれが旅の緊張感となり、観察力を鋭敏にし、一人だから面白いという境地に至る。二人旅道中ものや三人旅漫遊記も書いたが、この「初めての一人旅」がすべての出発点になった。

北のモダンな街、函館

幕末に世界に開港した函館は坂と洋館の異国情緒がいい。魚見坂、船見坂、千歳坂、幸坂、姿見坂、弥生坂など十八本の並行する坂の上はどこも港を見下ろす眺めがよく、コロニアルスタイルの「旧イギリス領事館」、コリント式列柱が優雅な「旧北海道庁函館支庁」、煉瓦積みの「函館中華会館」など建物好きにはたまらない。

風の町函館はまた大火の歴史で、明治四十年の大火のあと、豪商・相馬哲平は自分の店舗の焼失にもかかわらず五万円の大金を寄付し、基坂上に思い切って大きな「旧函館区公会堂」を建てた。二階に巡らせた長大な外回廊から眺める函館港の船の出入りはスケールが大きい。一九五九年、日活映画の渡り鳥シリーズ第一作『ギターを持った渡り鳥』は小林旭がここに住んでいる浅丘ルリ子に出会う。

その先、大三坂の「聖ハリストス教会」は江戸末期に来日したロシア人ニコライによるロシア正教会で、白亜の壁に六個の玉葱形緑色の小屋根・クーポールをのせた典雅なビザンチン様式。あたりは「カトリック元町教会」や「函館聖ヨハネ教会」など教会地区で女性のロマンチックな散策に人気。近くにある、一九二五年ドイツ人マイスター、カール・レイモンがはじめた自家製ハム・ソーセージの店にも寄りたい。下って市電が大きくカーブする十字街角に建つ「函館市末広町分庁舎」は丸い望楼塔をいただくルネサンス式にモダンな装飾をほどこして典雅だ。

明治に最初に開港した旧桟橋、弁天町、末広町あたりは木造瓦屋根二階商家が並び「旧金森洋物店」などは一階は和風格子戸、二階は下見板張りペンキ仕上げの和洋折衷が開港期をよく伝える。港に近く並び立つ「金森赤レンガ倉庫」群は圧巻でイギリス・リバプールの小港のようだ。中は飲食雑貨の一大マーケット、ビアホールもたいへん良い。近くの朝市は〈うにいくら丼〉や〈朝獲れイカ〉など海産物でにぎわう。

どこも見学でき、函館は建築ウオッチング町歩きに最適だ。歴史好きならば少し足を伸ばして北の五稜郭へ。

さて夜の部。第一のお奨めは五稜郭の「粋花亭《すいか》」。

若主人は十八歳で料理人を志して上京。長く厳しい修業を終えて戻った地元函館は、新鮮で質の高い魚貝が東京の半値で仕入れられるうえ、本州にはない魚や野菜、山菜が山ほどありながら郷土料理の域を出ていないと知り、縦横無尽に腕を発揮できると気づいた。たとえばそれまで北海道はあまり食べる習慣のなかった噴火湾の〈焼フグ〉その〈炊込みごはん〉、また〈桜ますのほうじ茶スモーク〉〈子持ち宗八がれいの一夜干し焼〉、北海道にしかない〈かすべ〉＝えいのひれの〈かすべ山椒焼〉などなどなど。季節に合わせたある日の〈前菜盛り合わせ〉は、天然イワナの煮浸し・かぶの葉の醤油漬け・桜ますの棒寿司・生タコ梅肉・子持ちヤリイカ煮・ズッキーニ揚げ浸しなど全九品は、基本に創作が加わったすばらしいものばかりがたったの一〇〇〇円。

「わざわざ来てくれる人に落ち着いてほしい」と市内繁華街からややはずれた店はその通り、真摯な人柄と「料亭以上の質の高い料理を居酒屋価格で味わえる」とほれ込んだ客が全国からやってくる。酒は日本中を視野に入れた厳選名酒。私が勝手につけた仇名「北海道の星」はますます輝いている。

昔からの函館居酒屋ならば駅前松風町に大きな「函館山」がいい。何ページもあるメニューは北海道に期待するすべてがあるが、まずは朝イカの町・函館ゆえ、カウンター角の生け簀《す》に泳ぐ〈活イカ〉だ。注文すると網ですくい、その場でしゅぽっと胴から脚を抜き、墨袋を取り、スイスイと包丁を入れ三〇秒で届く。抜かれたゲソは事態がわからずまだ動いている。透明な身はこれ以上ない新鮮さ、その甘味は白くなったイカなんか食べられない。一方北海道のソウルフードはじゃが芋、特別な尊敬をもつ〈じゃがバター〉も必食だ。酒はせっかくだから北海道地酒を。増毛の「国稀」はスタンダード、小樽の「熊ころり」は名前の通り素朴なかわいい味。地元客に愛されているこれぞ地元店。

昼食には函館ラーメンを。札幌は味噌、旭川は醤油、そして函館は塩ラーメン。そのわけは「捨てていたほど有り余る昆布」の出汁で、よけいな味付けはいらない。「滋養軒」の毎日手打ちの自家用麺に、あくまで澄んだ黄金色のスープは一滴も残せません。駅前の「津軽屋食堂」はおばさんばかりで朝からやってる良心お惣菜、夜はここで好きなものをとって一杯もいい。

山陰の名居酒屋

日本海に臨む山陰の益田《ますだ》は島根県の西端にあり、すぐとなりは山口県だ。

駅前の通りを越し、山に向かってくねる道は片側に数軒の民家があるばかりで、こんなところに居酒屋があるのかとしだいに心細くなってゆく。道路ミラーに「ありますよ」と言うように立て掛けた「田吾作」の看板を左に折れると、大きなため池の前に巨大な木造切妻《きりづま》屋根の大館がでんと腰を据え、誰もが「あったー」としばし眺める。田吾作の暖簾のかかる玄関まわりは鉢植えや水瓶が無造作に置かれ、十字の丸竹に野良着の案山子《かかし》が出迎えだ。

玄関は道に面するが二階で、芒《すすき》を投げ活けた巨大鉢、由緒あり気な木株や木彫が無造作に置かれる。履物を脱いで上がる板の間は広く、銭湯のような番号扉の下足箱がずらり。広い階段を降りる右下はいくつもの活魚水槽が水音をたてて続き、降りた一階が店だ。

「おひさしぶりです」

「ああ、太田さん、いらっしゃい」

頭に手拭い、黒Tシャツに腰タオル、丸い眼鏡を鼻に乗せた店主・岩崎治代さんはいつものようにさりげないお迎え。剛直な梁天井の下、薬草酒や大皿、自在鉤《じざいかぎ》を下げた広い配膳場と大小八つの部屋の荒壁は藁《わら》切り込み、板戸障子は人間国宝だった出雲の紙漉き師による繊維の粗い石州和紙で、破れを張り重ねられる。屋内はすべて板張りでスリッパもなく、素足で歩く足裏のなんと気持ちよいことか。広大な古民家をのびのびと使ったスケール感が圧倒する。

私の定席は階段を降り、座敷に入る手前の五席ほどの小カウンターだ。目の前は煙突のへっつい、五升炊きの羽釜、重なる七輪、大型ガス台六つすべてに火が入り、ぶくぶく泡を吹く鍋など、ひと昔前の大農家の広大な台所そのままの光景を見て一杯やる最上席だ。

＊

さて注文。「イカね。そのあと、鮎」これを求めて山陰までやってきた。

二十歳から母の手伝いをはじめた岩崎さんは今年で五十四年目、ここに移ってからは三十年。料理の師匠はなく、「腕がないから、そのぶん素材だけは」の思いが魚を生け簀で生かして出すことに結集した。

いちばん難しかったのはイカで、イカ漁はまず水深十メートルの棲息域海水を汲《く》むことからはじめる。その汲んだ海水を酸素でぐるぐる回すエアーポンプをいくつも船に提供した。その船で生かしたまま港に届いたイカを、岩崎さんは毎朝トラックを運転してとりにいく。荷台のタンクの一つはイカを泳がせ、もう一つは海水だけを満タンに一刻もはやく店の水槽に放つ。イカ用の水槽は丸く「完全透明」なイカが同じ方向にぐるぐる回り泳ぎ、注文ごとに網ですくわれると即座にスイスイと切られて氷に並ぶ。その透明な甘味はイカの概念が変わる。イカの活け造りは佐賀県呼子《よぶこ》が有名だが、今は岩崎さんも通う須佐港に呼子の大型トラックが何台も仕入れにくるそうだ。

次に取り組んだのが「日本一の清流」高津川の「日本一の鮎」だ。こちらは水がちがう。淡水に混ぜる「海水の名水」をあちこちに探し、比率を定めるのに三年かかった。後に魚の塩分濃度を測る器具で鮎を測定するとピタリ一致したそうだ。その鮎を、生きているからできる食べ方〝背ごし〟に骨ごとに切る。その味わいは

「高貴」。採れた赤い内臓に塩ぱらりしただけの〝活うるか〟は、かつて編集者仲間とここにツアーしたとき一人が泣き出した逸品だ。

時期によりタイ、カワハギ、イサキ、アカミズ、クエ、オコゼなどが泳ぎ、刺身、焼魚、煮魚と自由自在。かならず一尾をおろすので内臓は煮たり、頭は焼いたり、骨はせんべいにしたりとまったく無駄がない。さらに野菜もとなりの畑で育て、注文すると採りに出て、カウンターの笊《ざる》のミニトマトはつまみ放題。

まさに〝食べる〟とは、ここまで生きてきた命をいただくこと。ぴちぴち跳ねた魚が数分後に並ぶ皿には、誰もが手を合わす。

島根地酒ばかりの中から奨められたのは、益田の「金吉屋酒店」若店主が、地元の六つの蔵に声をかけ、純米吟醸の枠で選んだ六酒をブレンドした新製品。時期にかんがみ悪病を退治する石見《いわみ》神楽の「鍾馗《しょうき》」と名をつけた。どんな味になるか不安だったともらすが、それぞれの個性がうまく調和して日々の晩酌に最適と感じる。何よりもこれほどの活魚にあまり強い個性の酒は敬遠なので、ちょうど良い。

＊

仕事一途で結婚を忘れたと笑う岩崎さんを妹さんが手伝い、その息子・志田原耕さんが板前に立つ。岩崎さんを見て育った耕さんは、小学校卒業文集の将来の夢に「田吾作で働く」と書いたと笑う。夢を実行したその人柄、知識、もちろん腕もまことに好漢で店に弾みを生んでいる。

広島からよく来ているというご夫婦は、今日の目当ては鮎にツガニと満足そうだ。笊いっぱいの古い盃は、益田は旧家が多く、蔵を整理するのでもらってくれというのがたまった。カウンター板は、カウンターだけだった二番目の店から四番目のこまでずっと一緒という〝分身〟だ。材はカツラで工務店の人に教わって購入。仕上げてもらうと売った元の人が、売ってくれと言ってきたそうだ。カツラは硬すぎず柔らかすぎず、酒器をしっとりと吸着するとか。そう聞いて何度も撫でる掌《てのひら》への当たりが優しい。

治代さんが席を外したとき、耕さんに尋ねた。

「伯母さんをここまでがんばらせたものは何でしょうか」

包丁を置いてしばらく考え、答えた。

「女一人で切り盛りしているとき、女の刺身なんか食えるかと暴言する客もいた。

ならばその魚で勝負しようと決心した強さでしょう」

益田は一泊覚悟の遠いところだ。しかしそこには、日本じゅうのどこにもないやり方で悠々と仕事を続ける居酒屋がある。まさに日本一、訪ねる価値のある居酒屋と言おう。

＊

田吾作がきっかけで訪れた益田は長い歴史と文化をもった町だった。県立益田高校校歌に〈歌の聖《ひじり》と絵の聖《ひじり》　ふたり眠れりこの郷に〉と歌われるのは、益田ゆかりの歌聖・柿本人麻呂と画聖・雪舟だ。

柿本人麻呂を祀る「高津柿本社」の長い石段を上がると、右手に筆、左手に懐紙を手に横座りする人麻呂像がある。小高い丘から見下ろす高津川の悠々たる流れがいい。

雪舟は晩年を益田で過ごし、庭を二つ作った。高津川沿いの「萬福寺」は水墨画を思わせる須弥山《しゅみせん》。「医光寺」は庭もいいが、岩国の絵師・湯浅梅翁による二間四方の大作、入寂して横たわる釈迦に弟子たちをはじめ、生きとし生ける鳥獣虫魚が集まる「涅槃図」をぜひじっくり見よう。

益田駅前新天街、銭湯「にしき湯」向かいの「吉岡古美術店」は手ごろな値段で面白いものがあり、私は浦島太郎の絵の盃などを買った。昼飯「竹の家」の三段重ね〈割子そば〉は、黒い出雲そばでおいしい。夜はもう一度「田吾作」へ裏を返すのも良し。一方駅前の居酒屋「かすり」は五十種におよぶ酒ぞろえがすごく、〈珍味三種〉には「苦うるか・子うるか・白子うるか」トリオがついてくる。

市内をややはずれた街道沿いの「島根県立石見美術館」と「島根県立いわみ芸術劇場」からなるモダン建築の施設「グラントワ」は、美術展ならば、古典たとえば雪舟も、現代たとえば雑誌「ａｎａｎ」や「ＰＯＰＥＹＥ」のアートディレクターで絵本作家・堀内誠一の回顧展もと、自在な企画が全国から人を集める。イベントならば尺八・箏《こと》からジャズ、市民参加劇まで文化施設の模範と言いたい企画がすばらしい。

ひっそりしたイメージのある小都市・益田は、日本のいちばん地に足のついた文化は山陰にありと思わせた。せっかく遠くまで交通費をかけて来たのだから一泊したい。駅前にはたいへんクリーンで居心地良いホテルがあり安心、どこからも歩いて帰れる。

以前、ある雑誌で、某有名人と「日本一の居酒屋」で対談してほしいと言われ「田吾作」を指定すると遠すぎると言われた。なめるんじゃない。そんな根性で日本一の居酒屋になど行けるものかと、その対談はお断りしたのでした。

宇和島よいとこ

宇和島に着くとまっすぐ、道の駅・みなとオアシス「きさいや広場」へ。「きさいや」とは「来んさいや」「いらっしゃいませ」の意。建物の中は食品売り場や食堂。私は「河内屋かまぼこ　あげたてや」の広場窓口売り場へ直行。

「じゃこ天、それとゴボウ天」

赤い頭巾を巻いたお姉さんが、灰色に練られたすり身を型枠板にはめて抜き、となりの揚げ油にすっと落とすと、もう一人のお姉さんが箸で返して揚げること約一分。串を刺して手渡す。

カプリ。ふ、はふ、あち、うま、うまひ、うままひ。

じゃこ天はハランボ（ホタルジャコ）という五〜六センチの小魚の頭と内臓を取ってすり身にして骨皮ごと揚げたもの。その純なうまさよ、嚙み心地よ、揚げたての香りよ。ゴボウ天は牛蒡の笹搔《が》きが味と香りを加え、これまたいける。夢中で終えて顔を上げると、仁王立ちの焦り食いを見ていたお姉さんと目が合って笑われ恥ずかしい。おっとまだお金払ってなかったな。宇和島は二度来ているが、毎度最初はこれだ。私はじゃこ天を食べにきているのか。

さてもう目的を終え、安心して食品売り場へ。「東海林鮮魚店」には、安岡、中村、まつうら、島村などいろんな製造者のじゃこ天が並び、味比べしてみたい。

「じゃこ天はお客さんによって好きなのがちがうんですよ」

話すのは黒頭巾かぶりのお姉さん。店内に並ぶのは小さな〈ゆでいか〉、銀肌まぶしい〈きびなご〉〈当店のたれつきカツオたたき〉〈脂があって甘いしめさば〉など。どれも宇和海産とあるなかで、〈宇和海産ぜんご南蛮〉は「この時期だけの特別なおいしさ！」を赤丸で強調、「２５０円」に赤アンダーラインを二本も引いて、お奨め感が強烈だ。薄い衣で揚げた体長五センチほどの小魚七尾に玉葱スライスを少し、赤い切り南蛮が点々と散るトレイを買って指でつまんだ。

そ、そ、そのうまさ！

甘いが、その吹っ切れた甘さと、淡い酢味をまとう魚のしなやかな味は、骨まで新鮮さ瞭然で、一尾二尾三尾と止まらず、指を出した同行編集女性、男性カメラマンも絶賛が止まらない。〈ぜんご〉はこの時期だけの小鯵で、漁があった朝すぐに調理しなければならないため他所《よそ》には出回らず、保存の利く南蛮漬がもっとも向くそうだ。

さらに床置き箱すべて宇和海産の、かつお、石鯛、いさき、こぶいか、おおもんはた、こずな、あじ、めばる、ほご、ぼらめ、「いかの王様」と特記した〈もいか（あおりいか）〉などのぴかぴかの見事さ。青ざるに山盛りの〈宇和海産きびなご刺身用　たったの二〇〇円〉は「大粒」の大文字が花丸に囲まれて「今が旬!!」と叫ぶ。これだけ多種の魚が一堂に並ぶのは壮観。カメラマン氏は自分の漁船をもつプロ級の釣り師で、「これは何々ですね」と写真を撮るのも忘れ、お姉さんと話が止まらない。

半島が複雑に出入りする天然の良港・宇和島は波おだやかゆえの鯛の養殖日本一で知られ、対岸の大分県に揚がれば「関あじ」「関さば」のブランドになる海の幸の宝庫だ。きさいや広場売店は魚のみならず、柑橘宝庫のさまざまな黄色・橙色が一角を占め、温暖なここに住めば一年じゅう美味に囲まれ、毎日料理せずに長生きできるなあ。

＊

夕方から「ほづみ亭」に。

幕末の宇和島に生まれた穂積陳重《ほづみのぶしげ》（一八五五～一九二六）は、英独に留学後、東京帝国大学法学部長をつとめ郷土にも尽力。銅像建立の願いを「老生は銅像にて仰がるるより、萬人の渡らるる橋になりたし」と辞退。その言をもって市内の小さな石橋を改築、「穂積橋」と改名した。それを機にたもとの古い大きな石丸旅館は一階に料理屋ほづみ亭を開店、私は十年ほど前に初めて入り、気さくな三代目にとても親しくしていただいた。今は四代目が店を預かる。

魅了されたのは名前も知らなかった宇和島郷土料理だ。若い太刀魚をさばいて長いまま細竹にぐるぐる巻きして焼いた〈太刀魚竹巻き〉、細い糸コンニャクに金糸卵や細切り椎茸、蜜柑の皮などを四色鮮やかに飾った祝い料理〈ふくめん〉、おからを鯖やキビナゴなどの魚で巻いた〈丸寿司〉、たれに浸けた鯛刺身と卵黄をご飯にのせた〈鯛めし〉は普通の焼鯛ほぐし混ぜの鯛めしとはまったくちがい、私は『宇和島の鯛めしは生卵入りだった』という本まで書いた。平安期、朝廷命により海賊退治に伊予赴任した藤原純友は、ご本人がその海賊になり代わり、酒宴の後に酒が残る茶碗に飯を盛り、醤油をたっぷり含ませた刺身をのせて食べていたのが由来とか。

さて今日は酒の肴でじっくりやろう。

時季は夏。私の座るカウンター角の前は焼き場で藁がこんもり。これは〈深浦かつおたたき〉がスタートだな。他はと並ぶ大皿をしげしげと眺め、真っ黒な〈小いか煮〉、小さなアワビのような貝〈ナガレコ〉、そして〈はしりんどう貝〉〈にがにし貝〉〈せい貝〉の地元の〈磯貝三種〉に〈カメノテ〉もと、たちまち決定。こういうことは早いんだ。

次は酒。おお、内子町の酒蔵「京ひな」の「吹毛剣」がある。名は吹きかけた毛を切るほどの鋭利な剣のこと。およそ三十年も前、初めて訪ねた松山で「吹毛剣」に加え、新居浜の酒販店の〝酒に憑かれた男〟渡辺淳二郎氏が開発した「七星剣」「隠し剣」を飲み、「愛媛の三剣」なる文を書いた。

大きなサク二本に扇に串打ちしてカツオの藁焼きがはじまった。燃え上がる炎にくぐらせ、燃え尽きるとまた藁を足す。切ってニンニクスライスを重ねたまだ生温かいのを、これはポン酢よりも塩がいいなと選んだちょい塩でのしなやかな味、藁の香りよ！

〈小いか煮〉は、きさいや広場で見た五〜六センチの〈じごいか〉で、煮るうちに墨袋が破裂したらしい黒姿のイカ墨の香りがいい。

〈ナガレコ〉は合わせて煮汁で炊いた大根が貝の味の深さを語る。

〈磯貝三種〉はいずれも細い金串で引っ張り出し、はしりんどう貝＝俳味、にがし貝＝貴公子、せい貝＝老媼《ろうおう》、か。

〈カメノテ〉は「鎧を脱いだ武士の能舞」としておこう（わかりますか？）。

酒「吹毛剣」はそれらすべてを鮮やかに切ってみせた。さあて仕上げは、焼いた魚をほぐして麦味噌とすり合わせた汁をご飯にかける漁師料理〈さつまめし〉だ。

南国の海の幸を堪能し、二階にいくつも続く大広間を見学。その格式に、日本民法の祖・穂積陳重、護法の神様・児島惟謙《こじまこれかた》、叙情画家・高畠華宵、鉄道唱歌作詞の文学者・大和田建樹《おおわだたけき》らを生んだ宇和島の豊かさを知った。

＊

翌朝、車で海岸線を南に。昨日、鮮魚店でいろんなシラスの話をして「干し場を見ませんか」となり、じゃこ天の牛蒡を笹掻きしている婦人に「明日、漁があれば九時ごろから干しはじめます」と教わった。海べり道は曲がるたびに風景が変わり、佐々木養殖、はまざき渡船、小野かまぼこ、など地産の看板が続く。

着いた「白浦」は、足場に拡げた黒い干し網に、夜漁で揚がったシラスがおだやかに陽を浴びている。日陰の椅子でカステラとコーヒーでお茶をしているのは昨日教えてくれた方ともう一人で、ここに家があって干すのを手伝っている。シラスは純白のカタクチイワシは商品になり、口がとがるウルメイワシは味は良いが乾くと黄色がかぶり値は下がるそうだ。どうぞと言われて干し網からつまみはじめると止まらない。それは天日で干した健康そのものの栄養だった。

さらに南進してやってきたのは、文化庁選定重要文化的景観、農水省選定美しい日本のむら景観百選の「遊子《ゆす》水荷浦《みずがうら》段畑《だんばた》」。中世から江戸にかけて宇和海は屈指のイワシ漁場で、沿岸部に漁村をつくるため何十段もの耕作地を石を積み上げてつくったのが段畑だ。今はじゃがいもを収穫しおえて土を養生している。ウンウンと登った頂上から見る宇和海の雄大な景観に見とれ、初収穫の小じゃが一袋と以前買って気に入ったじゃがいも焼酎「段爵」をおみやげにした。

市内に戻ってお昼は創業明治十年「菊屋」の〈ちゃんぽん〉だ。戦後宇和島に初めて中華そば屋ができて長崎名物のちゃんぽんも出した。その後中華店は閉店したが製麺所は残ったので「じゃあ、うちでちゃんぽんやるか」とはじめると、男も、ご婦人も、宇和島東校の女学生も、と行列ができるようになった。若主人は五代目。待ち席に庭石を置き、品書きビラ一枚ない品の良さは宇和島の土地柄を感じる。昨日ほづみ亭主人はここで〈ラーメン・カレーうどん・ざるそば〉のセット一二五〇円に〈野菜多め〉二七五円を加えて食べてきたと言っていた。それもいいが、

「ちゃんぽん・中、野菜多め」

ちゃんぽんは大・中・小の三サイズあり、小が普通の大きさ。

その味は、地産の煮干し出汁と野菜の甘み、とりわけ麺より細い糸もやしがよい仕事で脂気いっさいなく、これまた健康そのものの安心感できれいに平らげた。

さあて後は帰るだけ。おみやげ買いだ。きさいや広場にとって帰り、主婦魂に目覚めた女性編集者も籠《かご》を片手に勇んで開始。その山を肩に松山空港に向かうのでした。

静岡でじっくり

新幹線「ひかり」で東京から小一時間。広々とした静岡駅北口に、晩年ここに駿府城を築城して住んだ徳川家康像が立つ。気候温暖、産物豊富な静岡は引退後の地にふさわしかったのだろう。そこから歩いて五分、城下らしい名の葵区紺屋町にある居酒屋「多可能《たかの》」が、今回の小さな旅の目的だ。

板張り箱形平屋、瓦屋根なしの外見はあたかも戦後のバラックだが、堂々たる看板、ここが自宅であると示す「高野利秋　晋」の表札、隅々までよく手入れされた風格は清潔で、飾る枝花がみずみずしい生気で歓迎の気持ちを表す。

入った右にカウンター、左に厚さ一〇センチもの超頑丈な机二つ、その後ろは畳四枚の小上がり。窓をつけて仕切った奥は、八畳二間続きの座敷で座卓がいくつも並ぶ。一人も数人も大勢も、ここに来ればどうにでもなる地元酒場だ。

私は日本じゅうの居酒屋を巡って『居酒屋の県民性』なる本も書いたが、全国で静岡ほど呑気《のんき》に陽気に酒を飲む県はない。何か会議をはじめても「もうやめて飲みにいこうよ」とすぐに繰り出し、かならず進行役が出て右手で空徳利を振り、左手を「あと五本追加ね」と広げ、知り合いが来ると「こっちこっち」と手招き。「これほど良い酒の相手はないが、粘り強さがないので仕事の部下には不適」と書いたほどだ。

それもこれも、静岡はおおらかな〝殿様型〟美酒ぞろい、目の前の太平洋にはカツオが常に泳ぎ、名品桜エビや生シラス、川には鮎、鰻養殖は盛ん、温暖な畑は野菜も山葵《わさび》も蜜柑もよく育ち、食後のお茶は日本一という豊かな土地柄で、江戸の昔から東海道の往来が絶えず、商売は並べておけば自然に売れるという苦労なしがその気質となった。すぐとなりの海なし貧乏県長野育ち、あるのは粘り強さだけの私には口惜しくわかる（笑）。

さてはじめよう。酒は地酒「萩錦」、その一合ガラス徳利瓶をそのまま銅の燗付け器に浸けてお燗する。その穴数なんと四×四×二台の計三十二穴は、今まで全国で見てきたなかでも一番大きい。かつてはこれが常に埋まるほど飲んでいたのだ。その味は、肴も会話もひきたてるおだやかそのもの。肴はずらり黒札六十枚余から私は定番ができてきた。

まずは用宗《もちむね》産〈生シラス〉。ピンと張った大型のきょろりとした目が睨む超逸品だが、まだ漁解禁にならず今日はなし。カツオ好きの私は〈カツオ刺身〉。生臭みまったくない鮮烈な赤身がジューシーでいて旨み濃い。〈酢あじ〉は注文してメる酢加減が鮮度を保ち、添えたおろし生姜が活きる。刺身はどれも刻み葱が添えられるのがうれしい。〈桜えびかき揚げ〉はたっぷりの桜エビが最少の衣でカラリとつながって、そのものの味を堪能させる揚げ方はさすがだ。〈ナガラミ〉〈しったか〉など貝も豊富で、湯気をのぼらせ茹で上がった〈つぶ貝〉はうっすらの味付けがぴたり、最後の黒ワタを苦心してひねり出すのが楽しい。

忘れてならないのは〈静岡おでん〉。すべて串刺しなのは、昔は子供の買い食いおやつだったから。魚粉と青海苔粉をかけるのがお約束で、これで育った子が酒飲みになるのだ。今日は〈黒はんぺん〉と大きな一枚を四つ畳みした〈昆布〉、そしてこれも静岡おでんだけの〈新じゃが〉だ。

う〜い、うまい。すべてきっぱりと迷いがない味は、創業大正十二（一九二三）年、もう百年になる地元密着のゆえだろう。奥座敷床の間には、二代目・高野義雄が誇りをもって墨書した「大衆酒場」の大看板が飾られ、枝花が天井に届くまで活けられる。至るところに盛大に飾られる枝花は店に華やかな生気をもたらし、それは続けている古い店への愛情にちがいない。三代目・利秋さんはカウンターを長男に譲ると、余計な口出しをせず裏方に徹しているのが清々《すがすが》しい。その四代目・晋さんは黒々した山賊髭が似合う。

当店の筋向かいは徳川最後の将軍・徳川慶喜が大政奉還後、住まいとした屋敷跡、現在は結婚式場の「浮月楼」。徳川将軍は初代と最後がここ静岡だった。地元では「多可能」を庶民版「第二浮月」と呼ぶとか。

駅北口には幼少期の家康（竹千代）を後ろでしゃがんで見守る今川義元の二人像も立つ。三代目利秋さんの奥様は今川家直系の方。盛大な木花はいつもこの方が山に入ってそろえてくる。それは今も徳川家を見守る気持ちなのかもしれない。

正面にある昔の鉄道駅のような黒い大きな丸時計がよい時刻になった。さあて新幹線でご帰還としよう。

子供時代を訪ねて

年齢七十を過ぎれば、体が動くうちに行っておきたい地が浮かんでくる。多くは、幼いころに住んでいたところだ。

昭和二十一年三月、私の一家＝父・母・兄（昭和十九年生・二歳）・私（昭和二十一年生・零歳）は、敗戦後の天津・大沽港から故国日本への引揚船に乗った。生後三週間の私は、底までぎゅうぎゅう詰めの船内では命がもたないだろうと言われ、父は水葬に使う新品の日の丸旗を用意したが、幸い使われることなく佐世保に入港。長崎・大村の母の実家に落ち着いた。母は母乳が足りず、向かいのお宅に私のもらい乳に行った。戦後の大混乱期に子供を守ってくれた両親には感謝あるのみだ。

やがて一家は長野県松本の父の実家に向かった。当時の九州長崎から長野への鉄道旅も困難をきわめただろう。それまでの父は松本の旧制中学から満州の京城師範学校に進み、現地で教員となって結婚。短期間であるが出征もし、松本を出て十三年後、妻と二児を連れて故郷に戻り、父の両親は初めて長男の妻と孫に対面した。

長野県教員の資格を得た父は松本の西隣、神林村《かんばやしむら》の菅野中学校に赴任と決まり、家族は地元の豆腐屋の二階を借りた。私の豆腐好きは、きっと大家さんの豆腐ばかり食べていたからかもしれない。やがて教員住宅として一軒をあてがわれてようやく家庭が整い、三歳下の妹も生まれた。

そのころの記憶はおぼろだ。

おとなりの家に山羊の乳をもらいにいく。飼うニワトリの世話。大きくなってゆくのが楽しみな畑の西瓜《すいか》。じっと座り込み、つるをからめて咲く豆の花を見ていたこと。小学校に入学しての初遠足の日、私は何かで寝込んで休み、出発する一行が家に見舞いに寄ってくれたのをおぼえている。三月早生まれの私は同学年中でもっとも幼く運動は苦手。元気に走り回る兄の背を追うのが精いっぱいで、むしろ父が夜遅くまで資料や本を読む姿に影響されていったと思う。

父は松本東隣の女鳥羽《めとば》中学校に転任となり、神林村の家を出る日、それまで私が餌《えさ》をやって育てていた鶏をつぶして食べることになった。肉など食べることのない食卓にそれはご馳走ではあったが、家族は毎日育てた鶏を思い、言葉少なくいただいた。

一家は神林村から引越し、私は本郷小学校に二年生で転校した。そのころから私の記憶がはじまる。その地を訪ねてみよう。

＊

父の転勤にともなって住んだ長野県東筑摩郡本郷村（当時）を訪ねるのは七十年ぶりだ。松本市内のホテルからタクシーに乗り行く先を告げた。

「女鳥羽川、スポーツ橋たもと」

本郷村の背となる三才山《みさやま》峠に発する女鳥羽川は、松本市内で大きく右に回り、やがて梓川《あずさがわ》に合流、最後は信濃川となって日本海に注ぐ日本一の長流の源だ。その上り川岸をタクシーは走り、橋たもとで止まった。

橋名「スポーツ橋」はかつてとなりにあった県営運動場に由来する。私が小学生のころは白ペンキの木橋で、一人で渡って運動場で練習する信州大生をよく見にいき、助走してエイヤと投げ上げるやり投げや、ぶんぶん振り回して放り出すハンマー投げが面白かった。桜の花見どきは屋台の綿あめに指をくわえたけれど買うお金はなく、母は「ああいうものは不衛生」と言っていたが、買い食いできる小遣いを渡せない言い訳だったか。今は「竣工平成元年三月」とある立派な石橋で、橋中央は両側に丸いバルコニーを張り出し、等身大彫刻、座って風を浴びる裸婦「風光る」、女性が運動着で手を上げる「遥かなる」が立つ。作者は地元作家のようだ。県営運動場はその後大規模なコンサートホールをもつ松本文化会館が建ち、毎年の国際音楽祭「セイジ・オザワ 松本フェスティバル」のメイン会場となった。

本郷村は天然温泉が湧き「浅間温泉」はれっきとした地名で、昭和三十九（一九六四）年まで一両チンチン電車「松本電鉄浅間線」が松本とつながっていた。橋の東にはその浅間線の「運動場前」停車場があったが、廃線となった今はバスの「やまびこ道路」。その東の広い土道の桜の木のところが私の家だった。

ここで撮った写真が一枚だけ残っている。冬、おんぼろ学生服に足袋をはいた下駄。防寒耳当てに学帽をかぶり、紐を巻いた独楽《こま》を右手ににんまり笑っている白黒写真は、私のもっとも古い写真だ。後ろで縄跳びをしている女の子とチビは近所の子だ。おそらく父の弟が買ったばかりのカメラで撮ったもの。その小さな手札版プリントは大切に額におさめてある。このアングルの場所にもう一度立ちたい。

しかし、道は舗装され両側は立派な家が建ち並び、風景は一変していた。向こうの山は変わらないはずだが、家でさえぎられてそれも見えない。あの山裾の小川で兄とどじょうをたくさん獲り、父の松本の実家にもってゆくと祖父は喜び、どじょう鍋にしたことがあった。家の縁の下でうさぎを飼い、その世話は私の仕事。大きく育つと毛皮に買い取られて家計を助けたが、いなくなると淋しかった。絵と文が好きで絵日記を毎日つけた。

この道の山裾の突き当たりは松本市営野球場で、あるとき全国の郷土祭大会があり、長崎の蛇踊りも出ると聞いて、長崎出身の母は私を連れて見にいった。敗戦後に引揚げて遠い長野県に住むことになった母は望郷の念を満たしたと思う。大球を追って蛇

昭和28年ごろの撮影。7歳くらいか

がくねくね舞う踊りに私は母の故郷を想像した。

＊

旧わが家から小学校への通学細道をたどった。

昔は両側は田んぼだったが今は住宅が並ぶ。それでも道筋は変わらず、このへんに小さな石橋があったはずのところに、やはりある。松本から来るバス道路に出て右は百瀬商店という八百屋だったが今はない。その先の共同湯「港の湯」はまだあった。源泉がいくつもある浅間温泉の質素な共同湯はわずかな維持費を払うと簡単な手鉤が各戸に預けられ、それを持って戸を開けて入りにいった。わが家も風呂はなく一番近いここに通った。中は湯船があるだけで狭いが温泉は気持ちよく、父と入った帰り道の夜風は気持ちよかった。

菊の湯、玉の湯、西石川、東石川、井筒の湯、湯本別館などなど昔と変わらない大旅館が並ぶ。同級生にはそこの子もいた。その先が通学した本郷小学校。角の文房具店「昭和堂」はコンビニになっていた。松本からの電車はここが終点だった。

少子化で、はたして学校は残っているか。手前の、妹が入園した「のばら保育園」は健在だ。そこを回り込むと、おお、あった。

こんなに広かったかと思う土の校庭の先に小高く、白い立派な三階建てが建つ。昔は瓦屋根の木造校舎だった。この時間は放課後らしく姿は見えないが、これだけの大校舎に生徒がいるのだろうか。

生徒通用口の脇に二宮金次郎像と並んで校歌石碑がある。歌ったおぼえはないから私の卒業後にできたのだろう。作詞：勝承夫、作曲：平井康三郎は校歌づくりの名コンビだ。

みどりの山は　母の胸
父はアルプス　清くかがやく
希望の光　降るところ
わが本郷に　たくましく
飛びたつ小鳥　楽しいわれら

校舎が変われば思い出しにくいが自分は

二宮金次郎像と校歌碑

ここに通ったのだ。担任の丸山良子先生は教職についた初赴任で、意欲的で厳しく、今では考えられないが、提出物を忘れると家まで走って取りにゆかされた。

しかし熱心なこの先生が大好きだった。あの厳しさがまちがいなく自分をつくった。五年生になるとき私の転校が決まり、いちばん自分が大切にしているものを先生に贈りたいと、松本市内の先生の下宿を一人で訪ね、部屋に上げてお茶を入れてもらった。その贈り物は熱心に集めていたマッチレッテル集で、今から思うと迷惑なだけだが、それが私の宝だった。「がんばりなさい」と激励されて玄関を閉めると涙がわいた。私は丸山先生の最初の教え子であり、最初に去った子だった。

余談だが、その後の転校先の木曾山奥の小学校の教室で「こんど転校してきた太田和彦くん」と皆の前で紹介されたとき、丸山先生の激励が背にあるように感じ「オレはひと皮むけてきたんだぞ」と突っ張った気持ちになったのをおぼえている。まさに生涯の恩師だ。

＊

幼時に通った小学校から戻って、次第に上り坂になる通りを進んだ。浅間温泉の旅館は下浅間と上浅間に集中し、ここ中浅間は商店やタクシー会社が並ぶ。それまで農家ばかりの田舎しか知らなかった自分に、ここは初めての社会との接点だった。一人でおつかいにやらされたこともある。

今はコロナもあってか人影も車もまるでなく、開いている店も少ない。通りにある「清水時計店」の清水淳子さんは同クラスで丸山先生に教わり、五年後松本の深志高校でふたたび同級になり、そこで同じ美術部に入って今も交流している。後年「本郷小の同窓会は続いているの?」と聞くと「たまにある」とのことだった。三年間いただけの私に案内などないのは当たり前だが、転校の続いた者には小中学校の同級会は一つもないのだと噛みしめた。

向かいの「中村屋呉服店」の息子は中学で教えていた父のクラスで、卒業後もよく父を訪ねて遊びにきて私をかわいがってくれた。そのとなりの中華「萬山園」は、めったにない一家の外食の場で、そのときがくるとうれしかった。今もやっているようで「名物長崎ちゃんぽん」とあり、六十年前もあったのなら母は故郷の味と注文したかもしれない。

路傍には松本近郊安曇野《あづみの》に多い、夫婦和合をあらわす「相体道祖神」の新作がいくつか置かれている。胸もあらわに湯に浸る妻を後ろから支える夫は浅間温泉にふさわしく、夫は盃、妻は瓶子《へいし》を手に酌み交わすのには「一九七八年　女鳥羽住人　石匠宮下近太郎刻」と刻まれる。

浅間温泉は旅館大広間で大宴会を開くような最盛期は過ぎ、今は純粋に温泉を楽しむ客が主なようだ。中ほどの浅間温泉会館「ホットプラザ浅間」に「浅間温泉の歴史」が書かれる。

〈浅間の歴史は大変古く、約１３００年前までさかのぼります。日本書紀には天武天皇の時代白鳳14年（６８４年）「～信濃に遣わして行官を造らし

湯に浸かる夫婦の道祖神

夫婦酒の道祖神

む束間《つかま》の温泉に〜」と記されています。また万葉集などに詠まれている浅葉の里、麻葉の湯は束間の湯とともに、浅間温泉の古称だったと考えられています。鎌倉時代には「浅間社」という名前が登場します。江戸時代に入ると、初代松本藩主石川数正は浅間御殿湯を造り、湯守を置きました。以後、歴代松本藩主に愛され、「松本の奥座敷」とも呼ばれています。明治時代以降、与謝野晶子、竹久夢二など多くの文人墨客にも愛された浅間温泉は、正岡子規や伊藤左千夫からなる「アララギ派」発祥の地とも伝えられ、歌碑を巡りながら歴史をたどる楽しみもあります〉

通り両側に点々と立つ「信州浅間温泉」の石の道標には歌が刻まれる。

たかき山つゝめる雲を前にして紅き灯にそむ浅間の湯かな　与謝野晶子
秋風の浅間のやどり朝つゆにあめの戸開く乗鞍の山　伊藤左千夫
菅の根の長野に一夜湯のくしき浅間山辺に二夜寝にけり　〃
奥山の雪見がてらに信濃なる浅間の里にいざあゆみせむ　田山花袋

透きとほるいで湯の上にうかびけりうつくし妹がときあらひ髪　〃
炭焼きの煙けむれる山肌にじしゃの花咲きはるかなるかな　高橋玄一郎
信濃なる浅間の出湯しとしとに雪のふる日を一人かも居る　小川朱醒
いちはやく初雪ふりて乗鞍の山のすがたはとゝのひにけり　島木赤彦
みすゞかる信濃路にきて星まつる夕べにあひぬ旅は淋しき　吉井勇

道はさらに登り坂になり、右・湯の街通り、左・湯坂と分かれた。その右すぐに名湯の共同湯として知られる「疝気《せんき》の湯」があった。ここはわが家からはやや遠かったが、その効能にときどきは足を伸ばしてゆったり浸かった。建物は新しくなり看板の字は〈仙気の湯　江戸時代からの共同湯で温度が高く仙気（大・小腸や腰部などの痛む病気）に効く名湯として、入場者が多かった〉とある。画家・石井柏亭《いしいはくてい》が通ったとも知られる。

開湯は午後三時。まだ三〇分ある。このあたりの上浅間には、やはり小学校で同じクラスだった小口明彦君の家があり遊びにいったこともある。彼もまた松本の高校でふたたび同級になったが、その後の交遊は途絶えてしまった。少し探し、「小口」と表札のある古い家を見つけた。ここにちがいない、訪ねてみようか、いやいきなり六十年ぶりに現れられても困るはず。第一健在か。ためらってブザーを押したが反応はなく留守のようだ。これでいい。

仙気の湯に戻ると、すでに洗面器やタオルを手にした数人が開くのを待っていた。自動券売機で券を買って入ると脱衣室は狭く、みな箱棚は使わず竹籠に脱ぎ捨てる。浴場も狭く蛇口カランは四つのみ、浴槽は畳一枚くらい。広告も何もない風呂場そのものがいい。さっと湯をかぶって浴槽へ。やや熱めに慣れると足を伸ばし、肩まで沈めた。

ふう……。なんと気持ちがよいのだろう。

七十年の疲れがとれてゆくようだった。

故郷松本

私の故郷、長野県松本は、岳都、学都、楽都、と三つの呼び名がある。「岳都」は日本アルプス登山口の山岳都市、「学都」は教育県長野を表す学問都市、「楽都」は一九九二年からはじまった国際音楽祭「サイトウ・キネン・フェスティバル松本（現セイジ・オザワ 松本フェスティバル）」の音楽都市。

残雪の北アルプスを背にした国宝「松本城」は白黒のコントラスト美しい五層六階で、隅の月見櫓《やぐら》の朱塗り手摺りが色を添える。合戦のなかった城は市のまん中で水濠に囲まれ、夜のライトアップが水面に映り、今も市民の心のよりどころだ。

明治八（一八七五）年開校の「旧開智学校」も国宝。地元大工・立石清重による擬洋風建築は、望楼塔をかかげた正面バルコニーに天使が校名板を支えるなど見どころ満載。展示される往時の教育資料も興味深い。

石坂洋次郎の小説タイトル「山と川のある町」のように、松本はどこにいても山並が見え、まん中を女鳥羽川が貫流し、小さな町はどこでも歩いて行ける。

この「交通機関を使わず、どこにでも歩いて行ける」のがポイント。函館、盛岡、仙台、金沢、京都、倉敷、長崎など好きな町はどこも、旅のいちばんの楽しみ「ぶらぶら町歩き」が満喫できる。ビジネス都市東京にこういう楽しみはない。

しばらくぶりに歩いてみよう。

松本市美術館では「草間彌生　版画の世界」が開催中。すべてを水玉模様で包む草間彌生は松本の出身で常設され、今回は版画だ。

松本市音楽文化ホールは〈合唱王国ラトビアの至宝再び！〉とし「ラトヴィア放送合唱団」のコンサートで、バッハやブルックナーなど。これは聴いてみたい。

市内中心にあり、私がいつも「帰ってきました」と手を合わす四柱《よはしら》神社の例祭「神道祭」もあり、その季節になっていたか。宵祭、招魂殿祭などのうちの注目は「奉祝コンサート」の「東京大衆歌謡楽団」。〈今歌う　忘れかけた心を照らす昭和の名曲〉として、歌手・アコーディオン・バンジョー・ウッドベースの四人がきちんとしたスーツ姿で演奏するこの楽団を新聞記事で知り、いつか聴いてみたいと思っていた。これが松本に。うーん滞在伸ばすか。

落語も盛んだ。松本市文化会館では「まつぶん落語まつり」で「立川志らく独演会Ⅱ」、また「林家木久扇と若手落語会」がある。

一方演劇。「第25回まつもと演劇祭　ここから再び！　舞台が始まる！」の〈日本全国で活動する地域劇団の演劇祭。今年は〝再出発〟のための挑戦！〉はコロナ禍でずっと活動できなかった復活だ。

松本は二〇〇三年、劇団自由劇場を主催する串田和美を「まつもと市民芸術館」館長・芸術監督に迎えて以来、すっかり演劇の町になった。その特徴は市民がどんどん参加して舞台に立つこと。松本に通うようになった串田が浅間温泉の銭湯で、「サイトウ・キネン・フェスティバル松本」で来ていた指揮者・小澤征爾と偶然出会い、裸の脱衣場で長く立ち話したというエピソードがいい。

また串田は亡くなった十八代目・中村勘三郎の「平成中村座」を松本に呼び、恒例の勘三郎丈が人力車で市内をお練りするのも見た。病を得た勘三郎が復帰した年、松本駅には「おかえりなさい　勘三郎さん」の大横断幕がかかった。出番を終えた丈は、歌舞伎では珍しいカーテンコールに立ち、満席の客の拍手に「ありがとうございます、これからもよろしくお願いします」と涙で応えた。

さて次の公演はモリエール原作「スカパンの悪だくみ」による「スカパン」。串田の十八番《おはこ》を今回は潤色・美術・演出・主演、小日向文世《こひなたふみよ》が客演。ポスターの公園のベンチにヤクザ座りで腹黒そうに煙草をふかす串田がいい。

町角のさまざまなポスターが松本の「文化好き」を見せている。

＊

戦災に遭わなかった松本は町の中に戦前のモダンな建物がいくつも残り、建築好きの私にはたまらない。大会社や公共建築のビルではなく、医者や商店の個人レベルなのが親近感を高める。

まず松本城外堀に沿う「片端《かたは》通り」の「宮島医院」（築一九一四年）は白壁に赤屋根、望楼塔をもつスパニッシュ風が美しく、「上條医院」（同一九二四年）は堅固なイギリス風石壁に黒瓦が乗る。「青木医院（同一九三四年）」はスクラッチタイルの昭和モダンだ。

スカパンポスター

「旧松岡医院」(同一九二六年)は、宮島医院などを手がけた棟梁・佐野貞次による堂々たる左右対称に階段つきの玄関が立派なモダンゴシックで登録有形文化財に指定され、今は古建築保全に力を入れる「かわかみ建築設計室」が入る。やや離れた「下島歯科医院」も昭和の洋邸の趣きがいい。松本の個人医院はどこも建物を重視して個性があり、それは医者という職業の信用、尊敬になっていたのだろう。

飲食店の多い緑町突き当たり、信濃毎日新聞の「信毎松本専売所」はヨーロッパのユーゲントシュテール(世紀末モダン)様式を思わせる端正な優美さ。すぐ近い上土《あげつち》通りの旧青柳化粧品店外壁を保存した「松

上條医院

宮島医院

本下町会館」はそれよりやや古風なバロックの残るモダン。となりの「白鳥写真館」（同一九二四年）はイギリス貴族風の端正さ。ここの白鳥真太郎君は私の学んだ松本深志高校の一年後輩で、同じ美術部「アカシア会」にいて写真家をめざし、やはり私のいた資生堂宣伝部の写真スタジオに助手で在籍、その後広告写真家として独立。ＪＲ東日本の吉永小百合さんシリーズはライフワークで、日本広告写真家協会会長にまでなった。実家の建物の保存改修を褒めると「カネかかりました」と頭をかいていたが立派なことをした。

その近く、名建築というほどではないが、三連の三角ファサードが特徴の二階建ては元は赤ネオンの安キャバレーだったという曰くが面白く、今は古書店&喫茶「想雲堂」で、私は主人と仲がいい。その近く「平出酒店」はコーニス（縁まわし）を施したアールデコの装飾が見どころ。となりの私が子供のころ入った映画館「オリオン座」は「上土シネマ」に名が変わって閉館したが、いま建物を覆う外壁をはずし、一九一七年開館時の姿に戻す予定というのがうれしい。

白壁蔵造りナマコ壁の並ぶ中町通りの一軒「ミドリ薬品」（同一九二七年）は典型的な看板建築で、王冠風に切り上げた頂上装飾はすばらしい。やや離れた「塩井乃

松本下町会館

旧松岡医院

白鳥写真館

信毎松本専売所

湯」は銭湯らしからぬ左右対称の昭和モダンな構え。東の旧制松本高等学校の本館講堂は「あがたの森文化会館」（同一九二〇年）となって重要文化財保存され、学問を尊ぶ長野県らしく威厳と進取の意気を感じさせる。中も見学でき、以前訪ねたときは音楽室から市民の弦楽合奏練習が聞こえた。

ついでに一九三三年築、スクラッチタイル貼りネオルネサンス三階建てに尖塔を加えた、登録有形文化財指定のわが松本深志高校も名建築に加えたい。私はここで忘れ難い三年間をすごした。

一九一〇〜一九三〇年代のモダンな個性的建物がこれだけ残っている地方都市はあまりないのではないか。宮島医院、旧松岡医院、信毎松本専売所、松本下町会館、ミドリ薬品を、松本の旧建物ベスト5としよう。

*

松本の楽しみの一つは昼飯だ。

海のない山国長野県は、蕎麦、野沢菜、わさび漬くらいしか特産はなく、飲食業は盛んではなかった。しかしあるときから古い中華食堂、町中華がおいしいと気づき、あれこれ入ったがどこも堅実に自分の店の味をもっていた。

帰るとかならず寄るのが「百老亭《ひゃくろうてい》」で、〈麻婆豆腐〉は私の決めた日本三大麻婆豆腐の一つ（ちなみに他は、東京目黒「龍門」、京都「膳處漢《ぜぜかん》ぽっちり」）。家業を継ぐべく横浜中華街で修業した主人とは今やすっかり顔見知りで、大学の教え子を連れた松本修学旅行や、中学校同窓会をここで開くと大好評だった。海老を薄皮で巻き揚げた名品〈明蝦巻《ミンハーキン》〉は横浜中華街から材料を取り寄せている。

もう一つ通いつづけているのは古い飲食街・緑町の「廣東《かんとん》」だ。

今日はここにしよう。麺類、焼きそば、ご飯物、点心などと分けたカラー写真・解説入りの膨大なメニューはすべておいしそう。八席ほどのカウンターに座り、熟考の末、ぱたりと品書きを閉じて注文。

「ペペロン焼きそばと春巻き二本」

本日最初の客が何を頼むか注視していたご夫婦は「よしや」とばかり同時に仕事開始。「あと何歳までやれるか」が口癖の老主人をぴたりと支える、いつも着物姿の奥様が大好きだ。何か話したい。

「お羽織の袖口はゴムで閉じてるんですね」「そう、楽なの、温かいし」

お話できた。

カラリと揚がった細麺にあんかけのペペロン焼きそばは、野菜豊富にエビ、イカ、肉も入り、普通の中華では添え物程度の黒いキクラゲがしっかり味付けされておいしい。別注の春巻きは、焦げ揚がった茶色の皮にうっすら緑の紫蘇《しそ》葉が透け、カリリと充実。

「ちっともお客さんが来なくて、立ってるだけの日もあるのよ」と言ってたのが、十二時を前に中年夫婦や若い会社員、女性組がどんどんやってきて、たちまちカウンターはいっぱいになった。

玄関上に飾る二つの額の片方は「開店30周年　２０１１年4月25日　小山画伯」として、お玉を振り上げるまだ若い主人に、娘々した奥様がサンダル履きで抱きつく絵。もう一つは十年後「開店40周年　２０２１年4月25日　小山画伯」で、落ち着いた顔になった主人に着物の奥様が腕を組む。長年この夫婦を温かく見守る人がいるのがほほ笑ましい。

レジ横に「令和廣東　10の心得」として小さな張り紙がある。
・あまり見ないで下さい、はずかしがりやです

・調理中に話しかけないで下さい、必死です
・「どんな味」説明不能です、食べてみてください
・「おすすめは」おすすめ出来ない物はメニューにのせません
・「何が美味」全部美味しいです、どれもかわいい子供達ですから
などなどあって「古希間近　鈴木裕孝　四〇年の時を経てだいぶ丸くなりました」と結ばれる。どれももっともなことばかり、仕事に打ち込む気持ちがあふれる。「ごちそうさま、たいへんおいしかったです」に「いつもありがとうございます」のご返事がうれしい。ついに顔をおぼえてくれた。私は「廣東食べ尽くし」が、松本に来る理由になった。

松本飲み歩き

松本は数日前遅い大雪で、道筋には雪掻きの山が続いて寒く、毛糸の手袋が欠かせない。夜に予約した「満まる」の玄関を開け、さらにもう一つ戸を開けて中へ。

「こんばんは」

「いらっしゃいませ」

白衣正装ご主人の満面の笑み、カウンター六席のまん中に、すでに私を迎える盆が一つ置かれているのがうれしい。

ここは居酒屋よりワンランク上の小料理割烹で、季節感を映した肴は非常に洗練され、京都の割烹にもない独創的な品が魅力。この席に座るのは今や私の人生最上の楽しみだ。

まずはビールを一本置いてトクトクと注ぎ、グー……、ああうまい。この後はすぐ酒にするので〈刺身盛り合わせ〉を頼んでおく。平凡だが日本酒のスタートにはこれが最良。良い店ならかならずそうするようになった。

お通しはほんのひと盛りの〈花山葵〉。春に出てくる山葵の新芽の茎をただ茹でただけと思いきや、湯に砂糖を加減して茹でてすぐ上げ、塩をしてひと晩置き、あらためて塩抜きして茹でて（だったか）……と大変な工程という。鮮やかな緑にしっかり残ったシャープな辛味の中にうまみ、香りが豊かにこもってすばらしい。目の前で包丁を使っていた〈刺身盛り合わせ〉ができ、信州地酒「豊香」のお燗を待つ。刺身は燗酒をひと口含んでから箸を伸ばすもの。あおり烏賊・真鯛・真蛸に春らしく赤貝がある。それぞれの産地も明らか。流通の発達で山国信州でこういうものがいただけるようになった。

「夜明け前」「大信州」と酒を替えながら〈蛍烏賊沖漬け〉〈焼筍〉〈平貝磯部焼き〉と次々に、まさに至福のときだ。

カウンター前には大俎板《まないた》、小さな足つき俎板二台、鉄棒二本を渡して熾《おこ》っている炭火、湯気をあげる大きな蒸し器が並び、このしつらえは京都と同じだ。背にはぴかぴかの各種包丁が十本架けられる。その仕事場を前にして飲むのは特等席。声をかけたいが、包丁を手にしているときは遠慮する。

やがて包丁と並行して、太い取っ手のついた碗で胡麻をあぶりはじめた。

「それは焙烙ですか」

「そうです」

ときどき揺らして香りが立ってくると、空洞の握り取っ手から、直径一尺はある大擂り鉢に流し出して、山椒のすりこぎでごろごろあたりはじめた。

「その擂り鉢は大きいですね」

「そうですね、これでないと」

小指の先で味を見ながら慎重に用意が進む。何をつくっているのか聞くと〈牛蒡と空豆の胡麻和え〉。すぐさま私もお願いし、やがて届いたその香りよ、滋味よ。切り牛蒡と天豆数粒だけの質素な料理なのに念入りの大作で、これは宮中に出せる高雅な春の品だ。

花板の主人と小型マイクで連絡をとっている若手板前二人がきびきびと動く静かな店内は、今日は小部屋は満員ながらカウンターはずっと私一人で独占。

う〜ん、来てよかった〜。

それで帰ればよいのに勢いに火がつき、近くの居酒屋「きく蔵」で〈馬刺し〉で一杯。となりに座っていた、いま松本でやっている「ショートショート フィルムフェスティバル&アジア」の運営で松本に来た女性と話し込んで、さらにアイリッシュパブ「オールドロック」に誘い、ギネスを飲みながらその話を聞く。十一時閉店になって別れ、一人ホテルに向かったが、まだ明かりのついている二階の「Bar 5cm / sec」から下を見下ろしている女性店主と目が合い、階段を上る。

「いらっしゃいませ、ジントニックですか？」

以前思いつきで入ったのをおぼえてくれていたようだ。今日はカンパリソーダにして、よもやま話。はしご四軒、ホテルに戻ってバタンキューでした。

*

朝のホテルで風呂に浸かりながら、もう七十八歳なんだから昨晩のようなはしご酒はだめと反省。泊まる定宿は窓側の大きな机がパソコン仕事に都合よく、裸に寝巻き姿で書きかけ原稿を続ける。

十一時になり朝のコーヒーに。

女鳥羽川の橋たもと、松本民芸家具の喫茶「まるも」は高級オーディオで静かにクラシックが流れ、高校生のころから何十年の行きつけ。座る席も決まっていたが、コロナ以来新聞を置かなくなってしまった。そうなると行く理由が消え、今は松本の老舗ホテル「花月」の喫茶室だ。こちらの音楽はナット・キング・コールの歌が定番。ここも座る席が決まってきて、コーヒーを手に、信濃毎日新聞や市民タイムスなどを丁寧に読む。

今日の昼飯はチャーハン。行きつけの百老亭に早めの十一時半に来たがとても混んでいる。〈山賊チャーハン〉は松本名物〈鶏の山賊焼き〉が添えられ完食。食欲あるなあ。正月以来どこにも行かずじっとしていたのが、久々の旅にもりもり復活してきたようだ。

百老亭のすぐ前は、二〇二三年十月にオープンした新「松本市立博物館」だ。ここ大名町通りは市のもっともメイン通りで突き当たりは松本城。その最中心部の空き地を安易な商業施設ではなく、巨大な文化公共施設として建てているのをずっと見て、松本の行政はやるなあと思っていた。

今まで松本城内敷地にあった旧博物館は、小さな窓口で入場料を払って玄関階段を上がるような学術的権威性があったが、この広い通りに沿う長い低層三階建ては、木を主体に全面ガラス張りで外から中をたっぷり見せ、フロアを仕切らずに、一階は喫茶コーナーやこども広場。大机を適当に置いた自由な交流学習スペースでは制服女子校生が教科書を広げて勉強中。なんでもないポケットパークにはただ休憩しているだけの人も。これはいいものをつくったなあ。初めての今日はまず三階の常設展示を見よう。

それから一時間あまり。一方通路でない自由な回遊で、松本の歴史、民俗、風土、産物などを伝える展示は、ガラス越しではなく、皆そこに置かれて四方から見え撮影も自由。町の恒例行事、子供も参加する正月の「あめ市」はかすかに記憶があり、今も盛んな押絵びな、七夕人形や路傍の道祖神、共同温泉、学校登山の写真もいい。

明治期の町並み地図にかつてのわが家はどのあたりと目を凝らし、お堀端の「正行寺小路」とわかった。象徴的に掲げる言葉〈論多くしてまとまらない「松本のすずめ」と言われる松本人　おっしゃる通りです〉は自虐もありながら納得だった。

優美な大階段が開放的

一階では昨日出会った女性によるフィルムフェスティバルの解説がはじまり、私も向かいの大階段に座って目を送ると「あら」とにっこりしてくれた。

さあて今夜は「あや菜」だ。通っていた松本深志高校の先輩女性がはじめた店で、もう何十年のつき合い。今は娘の「はるな」さんが継ぐ。

一人っ子のはるなさんは、母子家庭だった小学三年ごろ、母の帰りが店の仕事で夜遅いので「バカ、はやくかえれ」と貼り紙して寝ていたというのを母から聞いたことがあった。わが子にはそういう思いをさせるまいと、生まれた男の子をいつも連れ、店の隅の子供ベッドに寝かせておくと客が大喜び。抱いてあやしたり、一緒に外をひと回りしてきたり、「営業になってます」と笑っていた。

その「なつき」君も、はや小学二年生。母と山に採りにゆく「きのこ名人」とか。

「なつき、どうした?」

「いま二階でごはん食べてる」

やがて降りてきたのでみやげの本を渡すとすぐ開いて読みはじめる。

「なつき、おじちゃんにお礼言いなさい」

「ありがとうございます」

おおよしよし、男の子だから早速「さあこい」と相撲の腰を構えると、苦もなく体当たりで押し倒されてしまった。

〈塩いか〉〈エシャレット味噌もみ〉と、注文するのは決まっている。そこに今日は〈ふぐ刺し〉を予約しておいた。東京で調理師免許をとり山国信州で店に立つようになると、それまでは高校同窓生のたまり場程度だったのが、幅広い料理でたちまち客が増え、欧米客にも知られるようになった。

同心円に並べた透明刺身のまん中にこんもり盛った〝三河の先の遠江《とおとうみ》〟黒白の皮脂がうまい。酒はここ中町の井戸水を近くの善哉《よいかな》酒蔵で仕込んだ「中まち」のお燗だ。

うまいのう、故郷とはよきものだのう。

以前ここでテレビ撮影したとき来ていた美人女性客は、浴衣がよく似合い、幼いなつきを抱いて立ち、あやしていたのがとても絵になった。また会ってお礼を言いたく、はるなさんにどういう方か教わろうと思っ

ふぐ刺しを燗で

ていた。

それが！

「こんばんは」

おおなんと、その方が一人で現れたではないか。驚きあわてて立ち上がり、くどくど礼を言うと、落ち着いて「おひさしぶりです」とおっしゃる。近くで開いているピアノ教室が、いま終わったところとか。「子供たちへの私の教え方は、おだててスパルタ式」と笑うのがいい。「音楽と観光とＦＯＯＤ」で市の手伝いもしているという。このにこやかな笑顔ならぴたりだろう。

はからずも出会いは叶った。ふたたび、故郷とはよきものだのう。

＊

松本滞在三日目。今日は快晴で、ホテル六階から見える冠雪の北アルプスが青空に美しい。いつもの喫茶室でコーヒーと新聞。

いま松本は小澤征爾追悼記事でいっぱいだ。書店は追悼コーナーを設け〈世界的な指揮者　松本のＯＭＦ総監督　信州にまいた音楽の「種」〉の大きな記事が。今朝は〈小澤さんに感謝の演奏　松本で中学校吹奏楽祭〉として、松本市中学校の春の吹奏楽祭で、参加三百人が小澤氏の映像に「Ｇ線上のアリア」演奏を捧げたと書く。気さくな小澤さんはかつて生徒の演奏指導に来て、まず一回指揮し、次いでもう一回振って振り返り、生徒に「どう、ちがうでしょ」と問いかけ、皆うなずいて手を上げたそうだ。言うまでもなく小澤さんは手勢で年一回開く「サイトウ・キネン・オーケストラ」の公演地に松本を選び、世界の音楽ファンの町にした功績は計り知れない。

あと一つ新聞トップ記事は、三月十七日に投開票する松本市長選だ。私はサイトウ・キネンを継いだセイジ・オザワ 松本フェスティバルなど、松本を文化都市化させた歴代市長を評価していた。居酒屋の雑談である人は、今回二期目に立つ現・臥雲《がうん》市長を、一期目はコロナ対策で何もできなかったのでもう一回やらせたいと言っていたが。立候補の五人は現職もふくめ四人がわが母校・松本深志高校の後輩。そういう学校なんだよな。

宿泊ホテル近くの「信濃毎日新聞メディアガーデン」前にテントを出し「水都信州」の幟旗が立つ。〈最先端の水研究に触れてみよう！〉という信州大学のイベントで、真水や、それで淹れたコーヒーを飲ませてくれる。松本は名水の町として知られ、市内には四十いくつもの井戸があり、それぞれ味がちがう。その学術的研究とか。

岳都、学都、楽都、三つの名をもつ松本に、さらに「水都」は、よいイメージアップになるだろう。それが知れわたったら「酒都」といきたい。

お昼はこれも行きつけになった「レストランあぐり」。厨房は奥様、フロアは黒エプロンのご主人、二人だけの小さな店は品よく清潔で、安曇野野菜のサラダはみな瑞々しく、野菜をいただく喜びにひたれる。ランチは、パスタ・ビーフシチュー・ハンバーグの三種ありどれもおいしい。少し温めたパンは冷めぬよう布ナフキンで包まれ、今日は最後にハンバーグソースをぬぐっていただきました。

ホテルに戻りまた仕事して夕方。松本滞在最後の酒、今日は早めにはじめよう。居酒屋「深酒」だ。四年前にできたここは年中無休、昼も営業という頼りになる店。若夫婦は酒も料理も研究熱心で、おそろいの信州地酒「勢正宗」のロゴ入りTシャツがいい。

口開けはクラフトビール一杯。当店は日本酒専門をうたいビールは一人一杯のみ。

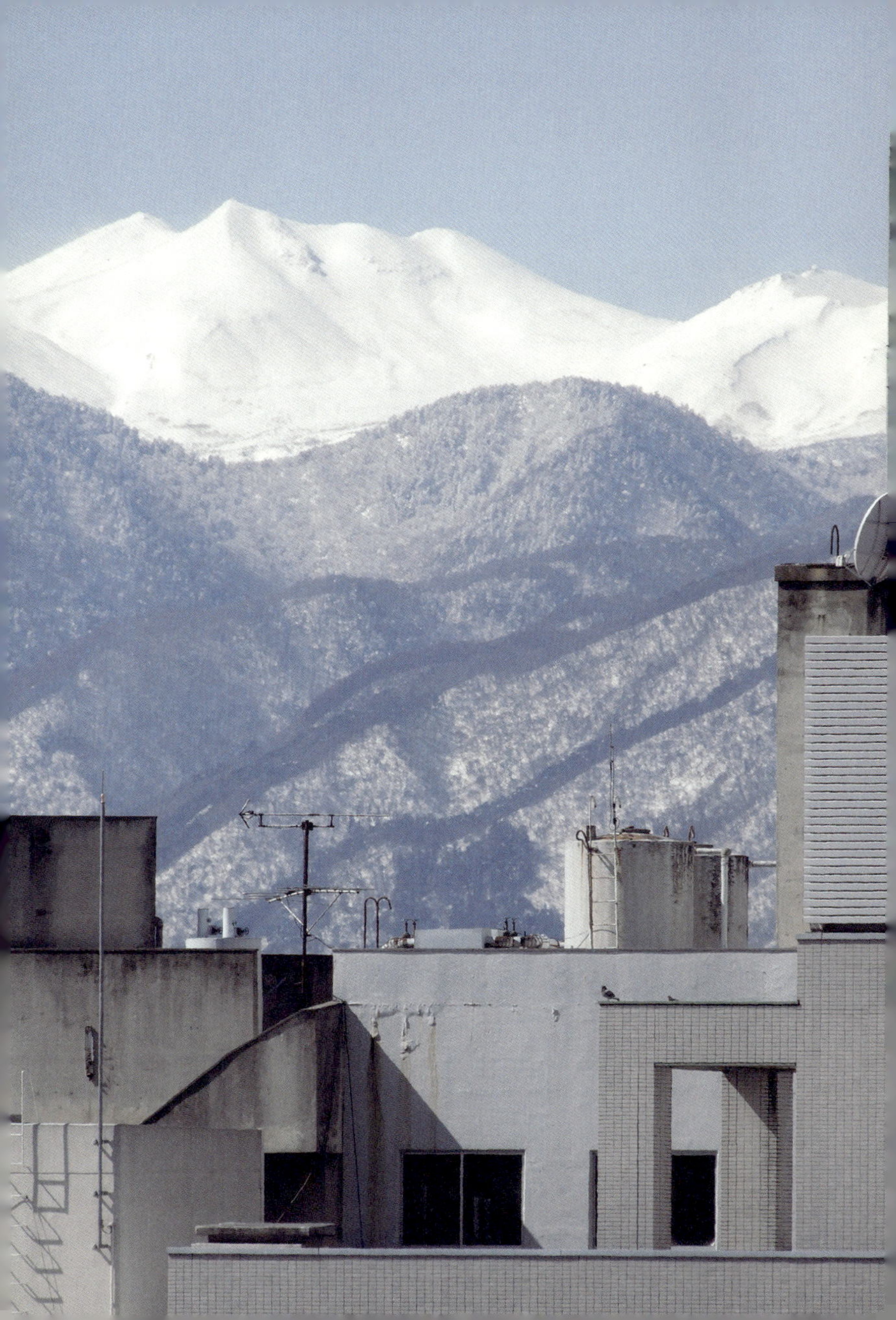

残り雪のある春の女鳥羽川に降りて歩く

スポーツ橋の彫刻「風光る」

看板建築の名作「ミドリ薬品」

気鋭の名店「深酒」

いつものお通し〈茶わん蒸し〉がふうふうとおいしい。地酒「北安大國」のお燗にして〈刺身三点盛り〉は、四国熟成生本鮪・長崎県産黒ムツ・富山県産天然鯛。箸休めに〈秋田県産青大豆のひたし豆〉がちょうどよい。次は「御湖鶴《みこつる》」で〈愛媛県産レモン鯛塩焼き〉。

ふう、まったくここは一人飲みにぴたりだな。私の定席は入ってすぐのカウンター手前端と決まってきた。明るいキッチン風の店内は居酒屋ぽさがなく、客は女性や若いカップルが多いが、「日本酒愛」をしっかり貫いているのがいい。

いつのまにかカウンター七席は私以外全員女性になった。うしろの小テーブルは五十歳過ぎぐらいだろうか中年ご夫婦が、控えめに並んで静かに盃を交わしている。その奥様の、ご主人を好きで仕方がない様子がとてもいい。あまり見てはいけないが、夫婦仲の良いのはうるわしいことだなあと反省する。

愛媛県産レモン鯛塩焼き

やがてお立ちになり、なにか声をかけたい。

「こちらはよくいらっしゃるんですか」

「ええ、松本が好きで、新潟からときどき来るんです」

「ご夫婦で居酒屋なんて、いいですね」

ご主人が照れ臭そうに笑い「お先」と出てゆかれた。こちらもぼちぼち腰を上げよう。明日は早いし。

今回はまだバーに入ってない。松本は名バーの町、軽く仕上げとゆくか。「メインバー・コート」で林さんに「来てますよ」と顔出しだ。が、あちゃー、休み。今日は日曜というのをすっかり忘れている。しからばと少し歩いて、矢野さんの「サイドカー」へ。しかしこちらも休みだった。

そういうことか。自分に言い聞かせ、でも寝酒一杯だけと一昨日のパブ「オールドロック」へ。ここは日曜もやっている。この時間ごろは欧米人客もたいへん多く、だいたい満席だが、今日は広い店内が、がらんとしている。いつもの六人掛け机には二人いるが、そこへ。

着席して驚いた、そこにおられるのは「深酒」にいたご夫婦ではないか。

「ああ、先ほどは」「ああやはり」

両者満面の笑顔。

「太田さんのご本にここが出てまして」「あ、いや、そうですか」

それを黙っている奥ゆかしさ。同じ黒ビールにし、名物のフライドポテトを分け奨める。松本の話などしても奥様はつねにご主人の顔を見てしゃべられ、本当に仲がいいんだなあとうらやましい。こういう落ち着いた夫婦旅行に松本はぴったりだ。

「すみません、そろそろ閉店で」

ウエイターが声がけ。そうか日曜は十時閉店か。

外に出るとやはり寒い。「どうぞお元気で」「また松本で会いましょう」。それぞれ背を向けて別れた。

コツコツ歩く夜空に月が高い。三日いた松本は毎晩、人との出会いがあった。松本は人と人が出会える町だ。明日からまた東京。そうして少し歩みを速めた。

三月十七日に投開票された松本市長選は、四七七票の僅差で現市長が再選された。

六十三年ぶりの同級会

長野県の学校教師だった父は何度も県内転任があり、家族も引越しを繰り返して、私も転校が続いた。それゆえ小中学の同級会はどこからも案内が来たことはなく、私は少しだけ在校して、その後行方《ゆくえ》がわからない人だった。

その私に、二年生で転校入学した東筑摩郡麻績《おみ》村、筑北《ちくほく》中学の昭和三十六年卒業生同級会の案内が来た。少し前に再会していた級友の小川原君が手配してくれたのだ。会場は「シェーンガルデンおみ」という村営宿泊施設で、泊まりで参加できるとある。会費八〇〇〇円、宿泊費五〇〇〇円。これは行かなければ。

しかし、卒業して六十三年、以来一度も会っていない私をおぼえてくれているだろうか。逆に私も皆の顔がわかるだろうか。ともかく参加するしかない。

時間に合わせ、松本から長野北信のローカル線・篠ノ井線の二両列車に乗って席をとると、向かいの女性二人が声をかけてきた。「太田君じゃない？」

おお！　これから参加する同級生だ。「名前何だっけ」「〇〇、結婚して変わったけど」「何組?」「一組、太田君と同じじゃん」思わず飛び出る会話。

私は同中学を卒業して松本の高校に通い、東京に出て六十三年、今七十七歳。それこそいろんな人に出会い、立派な人もそうでない人もいた。そんな人生歴を一瞬でゼロにするこの再会は、何一つ飾ることもへりくだることもない昔のままのまったくの対等で、女性に「君」づけで呼ばれるのがうれしい。

当時は「麻績」、今は「聖高原《ひじりこうげん》」と名の変わった田舎駅に降りると、おお、いるいる。私には気づかず、皆ひさしぶりの同級どうし挨拶ばかり。私もまじりたいが、まああわてることはない。

会場に着いて幹事から参加者名簿をいただく。コロナ禍で四年ぶりという今回は、男十一、女十六の二十七名。神奈川、茨城、千葉、山梨、岐阜、新潟からの人もいる。私は東京からだ。部屋に荷物を置いて椅子席の宴会場へ。なにやら幹事連の形式的挨拶あって、物故者黙禱後に乾杯になっ

聖高原行きの乗車券

た。もはや老人となった男の面々は生気なく、話題は腰が痛い、ガンをやったの病歴ばかりで、今はなにもしていないようだ。

それに反して女性連の意欲的なこと。畑仕事が楽しみ、ボランティアで忙しい、得意の饅頭《まんじゅう》で店をはじめた、整体マッサージの資格をとったのでこんどやってあげると、元気にあふれ、じっと見ると残っている昔の面影が若々しい。

予想した「卒業してからどうしたの?」というその後の人生話題はまったくなし。それよりも「音楽会でクラリネット吹いたわね」と言われるのがうれしく、野外スケッチ会で絵よりも松茸採りに夢中になり、それを先生に渡したら大喜びされたのを「おぼえてる?」とうながされ、そんなことあったかなあ。どうやら「太田君は勉強はできたけど、運動はだめだった」が定評のようだ。

そうだった。私は三月の早生まれで、活発な男女同級生の尻についていくのが精いっぱいだった。

それでも恋心はあり、その二人がいま目の前にいて話してくれる感激よ。ソレトナク探るがその気持ちは「まったく」なかったようで、これでいいんだ、人生とはそういうものだと独りごち、今こそ仲を近づけようと盃を重ねる。

元女生徒たちにもてもて風

当時は三クラスあり、学年で百五十名弱だったと思う。私の一組・竹内先生は国語、二組・金井先生は音楽、三組・青木先生は社会が専門。教頭の小松先生は歌の指揮が好きで、卒業式などにはみずから素手で指揮したが、その動作は盛り蕎麦をたぐるようだと言われた。

たけなわとなり、この会を教えてくれたリーダー格の小川原君がマイクをとり、校歌を歌おうと呼びかけた。校歌か、校歌があったんだ。女性にそっと「おぼえてる？」と聞いても首を横に振る。しかしはじまった。

朝日に映ゆる　アルプスも
聖《ひじり》　冠着《かむりき》　四阿屋《あずまや》の
高嶺の緑　さわやかに
若き心の　夢を呼ぶ
筑北　筑北　我が母校

聖、冠着、四阿屋は学校を囲む山々。歌い出しの歌詞とメロディにおぼえがある。

終章のリフレインは唱和できた。
そしてさらに小川原は唱歌「故郷」を歌おうと、自ら歌い出した。

兎追ひし彼の山　小鮒釣りし彼の川
夢は今も巡りて　忘れ難き故郷

この歌なら誰でも歌える。作詞は長野県出身の高野辰之で、このあたりの自然を歌ったものだ。

志を果たして　いつの日にか帰らむ
山は青き故郷　水は清き故郷

私は涙でそれ以上歌えなくなった。志を果たしたかわからないが、こうして帰ってきたのだ。
村営の施設は事務的で定時に閉会となり、有志は二次会の送迎車に乗った。着いたのは村はずれの、やたらけばけばしいカラオケで、私はたまらずすぐ退散。施設の温泉にゆっくり浸かることにした。岩の露天風呂は流れる風が気持ちよく、星空が見える。のびのびと寝そべり、この村で過ごした幼いころを思い出した。

＊

中学同級会は翌朝解散。次回は二年後だそうだ。

水戸から参加した体格の良い小林君はスポーツ万能の兄貴分で、二十年ほど前に水戸を訪れたとき、会いにいくと喜んでくれ、ずいぶんご馳走になった。今回もそこから車で来て、帰りは東京まで乗せてやるぞと言ってくれたが聖高原駅で降ろしてもらった。昔のわが家、すぐとなりの筑北中校舎を見ていこう。

メイン通りだった駅前の明治町《めいじちょう》通りはすっかり寂れ、家もまばらだ。ゆるい坂を上がった先の左右の道は、中仙道から長野へ通じる善光寺街道で、ここはその何番目かの小さな宿場・麻績。質素な本陣や庄屋屋敷に面影が残る。松本の私の実家は善光寺街道に面していた。そこから歩けばここに来るわけだ。

太古の昔、麻績の住人・本田善光が、百済《くだら》から渡来した仏像を故郷長野の寺にもたらし、善光寺の名になったそうだ。その日本最古といわれる御本尊は寺僧も見ることができない「絶対秘仏」だが、七年に一度、模鑄を御開帳してにぎわう。

街道を右に行くと、おんぼろの教員住宅だった昔のわが家だが、今は空き地だ。その先の母校筑北中学は、校舎は位置を大きく後退して建て替えられ、昔の面影はまったくない。木造だった私の当時、全校生徒は四五〇人ほどいたが、今はたったの五十二人という。校舎は明らかに大きすぎ、これでいろんな行事ができるのだろうか。しかし囲む山の眺めは変わらない。

ここで二〜三年生の中学生生活を送った。運動神経のない自分は運動会はビリばかり。音楽会では夜の田んぼで練習したクラリネットで「ドナウ川のさざ波」を独奏。文化祭では記念アーチをつくり、修学旅行は京都だった。なつかしき中学生活。

*

汽車の時刻を見計らい戻った駅前に、昔はなかった文学碑がいくつも並んでいる。

更級や姨捨山の高嶺より嵐をわけていづる月影

作：正三位家隆／出典：新勅撰和歌集

姨捨山は北にある山で、姨捨伝説と仲秋の名月で知られる。

しづはたの織りぬふわざのいとなさやここにをうみの里のわざとて

作：菅江真澄／出典：菅江真澄遊覧記

「をうみ」は「麻績」。天明三（一七八三）年八月、真澄は本洗馬《もとせば》（近隣の地名）の友人数人と姨捨に観月行をこころみ、麻績の里でひと休みした。

さざれ蟹足這いのぼる清水かな

作：松尾芭蕉

寛政三（一七九一）年秋、麻績宿の歌人鳥我、可吟、暁平らによって、聖高原お仙の茶屋跡（弘法清水）に芭蕉の俤碑が建てられた。

山を見き君よ添い寝の夢のうちにさびしかりけり見もしらぬ山

作：若山牧水

明治四十五（一九一二）年、中町、山崎斌《やまざきあきら》の生家・田井忠兵衛宅において歌会が催され、牧水が喜志子らとともに同家に泊まった折の作。

この村に夫は生れしか子も亦とおもふにさびし山峡の麻績

作：北町品子

本名頼子（明治三十一年・一八九八〜一九五六年）は松本市初代市長・小里頼永《おりよりなが》の長女。大正期後半「創作」の女流歌人として注目された歌人だ。長女冬子を麻績の里で亡くした哀惜の歌である。

歌碑は他にもいくつかあり、ここが歌詠みの地であると知った。中学生のころは知らなかった。収穫多い同窓会だった。

京都の日々

1

昨年末、ＫＢＳ京都のテレビ番組、角野卓造さん・近藤芳正《よしまさ》さんの『京都おやじ飲み』にゲスト出演。この三月下旬、その公開トークショーで再びお声がかかった。身内の気楽なトークと思っていたのが、会場のＫＢＳホールはなんと四百人も入る大ホールで、前売りは完売。少ない当日券に二時間前から並ぶ人もいる大盛況にびっくり。簡単なセーター姿で来てしまい、上着で来るべきだったと反省したがもう遅い。

参加者はお酒おつまみつき、提供酒蔵元の挨拶もあってスタート。第一部は角野・近藤のお二人、その第二部に私も加わった。高いステージに座り、ＫＢＳ女子アナの司会で進行。番組裏話などで無事終え、物販の盃やコースターのサイン会もあって、そのつど相手の方と少しお話できたのがうれしかった。

その後がお楽しみ。角野さんから時間空けといてと言われて連れられたのは桜も咲きはじめた三条小橋の「めなみ」。小上がり座敷を用意してくれてあり、お二人らとお疲れの乾杯。京都でかならず寄るなじみ店だが、今日は有名人と一緒なのがちょっぴり誇らしい。近藤さんはＮＨＫ朝ドラ『ブギウギ』を終えてほっとされているようだ。欧米客もいる満員のなかであれこれ話し込んでいるうち、いつのまにか最後の客となってしまった。

外で解散。さて一人になった、どうしようか。

高瀬川に沿う木屋町通の夜十時は人の渦。観光シーズンの混雑は予想していたが身動きできないような状態だ。番組でもとりあげていた二階のレコードバーも下に行列ができている。もう一杯飲んで寝たいが、こりゃ地元だけの店でないとダメだな。

足を向けたのは「たかせ会館」。京都には小さなスナックや居酒屋が集まった「会館飲み文化」がある。外階段で二階のスナック「きさらぎ」へ。

ここは中島みゆきのレコードだけをかける店、下の〈今日も朝まで中島みゆき〉の貼り紙に惹かれて初めて入ったときは一時間、身じろぎもせず聴き入り、すっかりファンになった。

八席のみに今日はよく客がいて、幸い端に座れた。カウンター内は女性が一人。焼酎お湯割りを頼み、三、四〇分。ひと言も発することなくお勘定八〇〇円を渡し、急な外階段を用心して降りた。

品川から京都行き新幹線に乗ったのが午前十一時過ぎ。いま夜の十二時。長い一日だったな。

2

いま京都のホテルは予約がとれないうえ値段も高騰。今回はビジネスホテルがようやくとれ、であればと連泊していろいろな用件を片づけることに。部屋は極小で設備も悪いが仕方がない。

京都の楽しみは昼めし。行きたい店がいくつもあるけれど、そうするとなじみの店に行けなくなるのが悩ましいところ。角野さんのように二週間も滞在すれば開拓もできるだろうが……ウラヤマシイ。

年齢のせいか近ごろは一品で満足できる中華がいちばんよくなってきた。京都独特の中華は有名になり、いくつか訪ねどこもすばらしい。このところひいきにしているのが四条烏丸に近い「膳處漢《ぜぜかん》ぽっちり」だ。

外観はスクラッチタイル張りの古い洋館、玄関を入った深い奥は広い庭を囲む伝統和室で、会食ができる。一人の私はいつも玄関左に二段上がる洋室の窓側席。

「いらっしゃいませ、いつもありがとうございます」

マスター自ら挨拶にきてくれたのは、前回三日連続来訪の後、私の本を送ったお礼だ。そうだったっけ、忘れていた。

いろいろいただきすべてとても良いが、今日は決めてきた。ある取材で「日本三大〇〇」を答えることになりその一つ「日本三大麻婆豆腐」にここを入れた。その確認だ。

丸テーブルをいくつか置いた洋室がすばらしい。一方の壁は大板戸四連にみごとな達筆墨書。となりは銀箔地に緑の笹と小鳥の装飾壁画。上の欄間は唐草の透かし彫り。私はデザイナーとして入社した資生堂で伝統の西洋唐草模様を徹底的に仕込まれたので、これがまことに西洋正調のものであるのがわかる。いま座る前の、明るい外の通りが見える全面窓は、さまざまな型板ガラスを複雑に組み合わせた美術品と言いたいもの。もう一方は透かし彫りの額で囲んだ小窓の列。折り上げ格天井にはシャンデリヤ。玄関右、天窓が明るいロビーの中国風の木彫浮き彫りもまことに精緻。どこも和洋中美術の集約がすばらしい。

凝った意匠の窓ガラス

「おまたせしました」

届いた〈四川麻婆豆腐膳・一四〇〇円〉の中央にぐつぐつ煮えたぎる土鍋に、まるで赤ほおずきのように三つあるのは、朝に天を突いて実るという「朝天唐辛子」で香りはすばらしいが、激辛ゆえ絶対口にしないようにと言われた。

では……。

超濃厚に包まれる白い豆腐を救いのように無我夢中の激闘二〇分。おしぼりでは足りなくハンカチは汗びっしょり。終えてしばし放心。日本三大麻婆豆腐、激辛度第一位でした。

激闘を終えて帰り道を迷ってしまい、たどりついたホテルでしばしオヤスミ。

今夜は大阪の雑誌社エルマガジン社の旧知の女性編集者・村瀬さんと会う約束だ。彼女の住む京都・出町柳《でまちやなぎ》をぜひ案内したいというお招きで京阪電車に乗り、終点で下車……なのだが絶望的方向音痴で電車乗り換え下手、外待ち合わせのできない私は三〇分も遅刻。

「すみませんすみませんすみません」

平謝りに、そんなことだろうと笑ってくれる。ほんとにオレはだめだ。

駅から地上に上がったすぐ右は加茂川・高野川の合流する鴨川デルタで、四条大橋からいつも上流に見ていたので場所を把握。京都の憩いの場として、川面の飛び石渡りは今日も人気。咲きはじめた桜の下には寝ころぶ人、先生と大学ゼミ生らしい車座などいい雰囲気で、東京にこういうところはないなあ。

西に橋を二つ渡った右の鴨川神社「糺《ただす》の森」は、大昔、信州の高校生だったとき京都・奈良にヒッチハイクした同級生が京都大学に入ったので、東京から会いにきて待ち合わせに指定されたところだ。へえここになるのか。

彼女が案内したいのは出町柳の商店街。生活感いっぱいの通りの角にできた映画館「出町座」は地下と二階が劇場、一階は古書とカフェ。古い映画パンフや映画専門書につい見とれてしまい、京都の日常的文化度の高さがわかる。

歩きながら「ここのお饅頭、ここのコロッケはおいしいのよ」との自慢がいい。抜けると同志社大のキャンパスだった。先日テレビの建築番組で見たばかりでこれはちょうどよいから寄ってゆこう。

ヴォリーズ設計によるゆったりと立ち並ぶネオバロック様式、赤煉瓦の建物群はアカデミズムとキリスト教の合致が大学らしく、このキャンパスで過ごす学生生活がうらやましい。新学期直前の今は人影もないが、サークル仲間らしい学生が古ぼけたリヤカーを引いていくのがいい。京都では、京大が東大、同志社が慶應、立命館が早稲田、のイメージとか。同志社は良家出で、同学教会で結婚式をあげる卒業生は多いそうだ。

3

京都で村瀬さんとデート。夕方の時間となり祇園の小料理居酒屋「祇園きたざと」に靴を脱いで上がり、右の板張り床のカウンターへ。

「どうもちょぃごぶさた」

「ようおこしやす」

村瀬さんはここは初めてだそうで「行きたいと思っていました」の言葉にちょっぴりツウ気分。履物を脱いで座るのはよいものだ。さあゆっくりやろう。

酒はお燗にして刺身はヨコワとヒラメだな。お、新筍《たけのこ》もある。名物〈焼きとろろ〉は後半にしよう。

ご主人はかつて、ドライブで行くような比叡山の峠の一軒家で料理屋「北さん」を開業し、私はそこに行った。

「あのころ狸を飼ってなかった？」

「へえそうどした」

それが山を降りて祇園西花見小路に移ったと聞き、私でも行ける店かと思ったが、変わらず迎えてくれた。敷居高い祇園になじみで入れる店ができた。

「せんせ、おこしやす」

挨拶いただいたのは女将。

「お嬢さんは?」

「はあ、いま着替え中どす」

ややあって着物も艶やかなお嬢さん。

「おこしやす」

丁寧に挨拶する綾佐さんは舞踊花柳流の名取り。お母さんは娘の後に入門し、芸の上では娘が姉弟子になるという。

「この七月七日にまた大阪で発表会があるんどす。せんせ来てくれはらしませんか?」。大阪国立文楽劇場の会には以前も招かれ、母子ともにの艶やかな舞台を見た。それは楽しみだ。

カウンター奥の息子さんは芸事始めの六歳誕生日から三味線稽古をずっと続け、杵勝会の名取り「杵屋浩右」となったとき披露に頂戴した名入りの京扇は大切にしている。

「最近どう?」

「はい、店が忙しくなりまして」

精悍に引き締まってきた顔は二代目の自覚だろう。ご家族全員に会えた。京都の酒は人に会いにいく酒だ。

幾本か酒も進み、いい気持ちだ。村瀬さんは新しくはじめた仕事の苦心を語り「まあ初めは様子を見て……」などといっぱしにアドバイスしたり、次の注文をしたり。仕事ではない酒がいい。

そこを出たお決まりのコースはバー「祇園サンボア」。

「おこしやす」

京都にバー「サンボア」は三軒あり私のひいきはここ。先代とは親しくしていたが急逝され、後を継いだ息子さんも二、三年ですっかり板についてきた。……などと知ったかぶりもいい気持ち。

「ジントニック」「私も」

ゆっくり会いたいなと思っていた人とゆっくり会えた。明日は東京出張だそうで、店を出て左右に別れた。

さあて寝るか。ここからなら四条烏丸下ルのホテルまで歩こう。

南座を過ぎた四条大橋は外国人観光客で満員。名物、鴨川の土手に並び座るカップルもいっぱいだ。それでも京都は夜十時も過ぎればどこの店もあっさり店を閉め、歓楽地ではない生活の場をしっかり守る健全さがいい。四条河原町を過ぎ、ちょいと脇道へ入って見上げ、以前来たバッキーのスナックを思い出した。

本名井上英男・通称バッキーこそ京都一の伊達男。昼は経営する錦の漬物「高倉屋」で働き、頼まれれば嫌と言わない明るい人物で先斗町《ぽんとちょう》やあちこちに居酒屋ももつようになった。この「たつみ会館」二階にも彼の居酒屋「百錬」があり、仕事終了後はここで一杯やり、私もそこで何度も一緒に飲んだ。それがまた三階のスナックが空いたのでやらないかとなり引き受け、連れられたことがあった。名付けて「ピヨコの部屋」。本人はいないだろうが、軽く寝酒するか。

「ああ太田さん」

なんだ居る、しかも奥様も。伊達男はモテるだけに奥様のガードが堅いふうだが、この奥様がまた明るく豪快な人で、昼はきちんと働き、夜は二人で夜遊びする粋なカップル。

〽二人を夕闇があ〜

詰めても八人の極小のカウンターにマイクをもった男が絶唱する。昼の仕事はさっさと済ませ、夜遊びするのが京都地元人なんだなあ。

「太田さん、出ませんか？」

いささか酩酊したバッキーに連れられたのは深夜までやってる寿司屋のカウンター。主人は、おお来たかという顔で黙って酒と、いつものらしい茶わん蒸しの具抜きを出す。

ああでもないこうでもないと男二人そこで酔って散会。

昨日に続き今日も長い一日でしたとさ。

4

上洛以来、公用（?）が続いたので今日は一人でのんびりしよう。ホテルに着いてすぐするのは部屋づくり。洗面所に薬などの旅行セットを提げ、衣類をハンガーにかけ、机上をすべて片づけてパソコンとお茶ポットも置いて仕事場に。狭い部屋だが、さあできた。椅子にあぐらをかいてメール返信や原稿書き。

昼めしは鯖寿司。これを食べないと京都に来た気がしない。あちこち入ったが祇園・団栗橋《どんぐりばし》の「千登利亭」が最高と定着した。いま京都は観光客であふれ店はどこも行列。そうならないうちに開店十一時すぐに。

「ああ太田はん、おこしやす」

カウンターで仕事するご主人は顔なじみ。名を聞いて奥様も顔を出す。

さて何にする。もちろん鯖寿司だが、ここは小鯛の雀寿司、箱の押し寿司、冬場の蒸し寿司などさまざまが組み合わせでも注文できる。ウーンとうなって決めた。

「鯖寿司三つと穴子寿司四つ」

「穴子は焼き、煮、どちらにしまひょ」

「ウーン、焼き」

熱いお茶をいただいてしばし。届いた皿の美しさよ。まずは鯖。ウーンこの味この味。次いで焼き穴子。海苔をはさんだ酢飯に乗る穴子の焼き加減、刷毛塗りしたたれの香り、味。ウーンウーン……今日はこればかり、世の中にこんなにうまいものがあるだろうか。今回も竹皮巻きの鯖寿司一本をみやげに買おうかなあ。

今日はやや暑いくらいの晴天だ。腹ごなしに少し歩こう。

表の四条通りに出て、南座前の小路を抜けた三差路、朱の柵に囲まれた小さな辰巳大明神あたりはもっとも京都情緒あふれるところ。おりしも清流白川には、開花した桜、柳の若葉がかかり、まさに「春来たる」。着物の外人観光客も多く、写真を撮る人が絶えない。

町中にはポスター「第七十四回　京おどり　時旅京膝栗毛全九景　春秋座」、祇園甲部歌舞練場の「都おどり」は今年百五十周年で、歴代ポスターが題材だ。いずれも歴史の長いもの。いつかは見たいなあ。

錦小路も覗いてみるかと入ったとば口の漬物「錦・高倉屋」には、おお、昨晩会ったバッキーがもう働いている。京都の人は生活するところ、こちらはただの旅行。ホテルで少し仕事しよう。

＊

五時半となった。今夜の酒は「祇園河道」。ここも京都に来たのを実感する店。

「こんちは」「おまちしてました」

驚かないのは、昼めしの帰りにここを通り、置行燈《おきあんどん》に「今夜来ます」と書いた名刺をはさんできたのだ。白ポロシャツに黒ネクタイ、男支度《じたく》の女主人は、封建的な京都で女一人、しっかり京料理を修業、そこに豪快ともいえる独創を加え、いつもの伝統料理に飽きた客がたちまちファンになった。

店は二階。大窓の正面はライトアップされた南座で、いまは舟木一夫公演、この人は歌手生命が長いなあ。デビュー曲「高校三年生」のとき私はまさに高校三年生。〽ぼくらフォークダンスの手をとれば……の歌詞通り、詰め襟学生服で女子学生とフォークダンスした甘い思い出が。それから六十年、今は淋しき老人一人旅。

さて注文。〈なめろう薬味めかぶ和え〉〈蛸とオクラ梅茗荷和え〉〈鶏胆スパイス煮〉あたりは好きな定番。しかしあわてることはない、小盆の〈お通し三点〉で軽く一本は飲める。今日は玉子豆腐シラスのせ、ホタルイカ沖漬けなど。

そして飲んだ飲んだ。気心知れたなじみの料理上手店はありがたいものだ。また来るよバイバイと、用心して赤煉瓦急階段を降りた。

う〜い、一人飲みはいいなあ。四条河原町はまだ人でいっぱい。角の満開の一本桜の下で休む人も大勢いる。なんだかまだ帰りたくない。そうだ、「蛸八」に顔出すか。

「お、空いてる」「お、太田さん」

カウンター七席のみは、ちょうど手前二人が帰ったようだ。ここは男前だった先代主人のころから知っており、そのころ奥の厨房にいた息子さん夫婦が今は二代目を継ぎ、こちらも堂々たる男前。よって今日もご婦人客も多いが、その客と奥様がまた子供のママ友仲間なのがいい。京都はママ友が酒のみ夜遊びしている。燗酒を頼んで今日のお通しは〈てっぱい〉、関東で言う〈ぬた〉。

「なにいきまひょ」「きずし」「はい太田さん、きずし」「はーい」と奥様の返事が。それと〈焼魚〉。注文すれば火に付きっきりになる当店焼魚は日本一。今日は鯛カマと若狭カレイ。ウーム。

そこに来た男一人客は奥のご婦人連を敬遠したように、ちょうど私のとなりが空いていてよかったという表情。腕組みして見るのは黒板、「焼魚で……カマ」。

うーむそう来たか。私もカマが定番だが「オレは若狭カレイ」と注文して互いに顔を見合わせニヤリ。ここのこれが大好きでよく一人で来るそうだ。

時間をかけて焼けた若狭カレイは焦げ具合も、きれいに皮をはいで湯気が立ちのぼる白身の温まり具合もまさに完璧。ちらちら横目で見る彼のカマ焼もまたすばらしく、明日も来ようかと考えるくらいだった。

ああよかった。人に会うのもいいが、思いつきで立ち寄れる一人飲み歩きもいい。

さあてぼちぼち帰ろう。

5

朝の風呂ついでに靴下や肌着を洗濯し、ハンガーで窓辺に干す。天気が良いから夕方には乾くだろう。見下ろす烏丸通はすでに観光客大勢がばかでかいキャリーケースを引きずってうろうろ。どこに行くんだろうな。

京都の朝の習慣は「イノダコーヒ三条店」の丸いカウンターでコーヒー〈アラビアの真珠〉と京都新聞だが、一年前から休業新築中で、行くところがなくなってしまった。近くの本店は広いが早朝から待ち席に並ぶ。京都の人は仕事前に喫茶店でコーヒーを飲むのだ。しかし喫茶店は並んでまで入るところではないし、どこか新聞のある店を見つけねば。

お昼は今日も中華、膳處漢ぽっちりで〈豚あんかけ焼きそば〉。そのまま歩いて、三条の京都文化博物館へ。ここの常設展はすばらしいが、目当ては三階「フィルムシアター」のプログラム上映だ。今は「生誕100年記念　映画女優淡島千景特集」。その一本目『自由学校』を見よう。ゆったりしたロビーでコンビニで買った京都新聞をじっくり読む。コーヒーが欲しいな。

時間が来て入ると見えるのは、すでに着席している客のはげ頭ばかり。ひまな老人ファンが多いのだろうが私もその一人だ。

昭和二十六年『自由学校』はまああの出来。渋谷実監督は同時期の松竹で、端正な小津安二郎と正反対の誇張した作風で喜劇をつくった人。淡島千景や佐分利信、佐田啓二、笠智衆などの人物造形が通俗的すぎてあまり皮肉が利かないが、主演の高峰三枝子は本来のお嬢様的雰囲気を変えずにいてよかった。

＊

今夜は会う人がいる。

毎日新聞の論説委員を務めた女性の元村さんは、この三月退社し、京都同志社大学で教えることになり、すでに京都に引っ越した。長く飲み友達をさせていただいているので、ぜひ京都で一杯とお願いして今夜五時となった。場所は先斗町「ますだ」を指定した。

「太田さん、お待たせ」

入社手続き（同志社大では入学ではなく「入社」と言う）で少し待たせるかもとおっしゃっていたが五分遅れで到着。

ングングング……

まずはビール。そして取り出したのが、いま「生協」で受け取ったという名刺の箱。その最初の一枚を太田さんへと。

〈同志社大学　生命医科学部　特別客員教授〉

三角形三つを組み合わせた紫の校章に、今年一五〇周年の〈150th〉が添えられる。紹介した「ますだ」のご主人・奥様にも差し出すと、なんと奥様は同志社の卒業生で「ええ！　学部はどちら」「私は女子部の下からで」と思わぬ話がはずむ。

私もつい二日前、学内を歩いてきたとしばらくは同志社談義だ。元村さんを京都でまずお連れするには「ますだ」と考えた私は、これはいい発展だな、常連になってくれるかなとうれしい。言うまでもなくここは司馬遼太郎や梅原猛、桂米朝やドナルド・キーンなど、京都を愛する文化人が通った店だ。

おっと注文。ここならまずは、きずし、鴨ロース、にしんとなすのたいたん、あたり。手元を燗酒に替えて酌み交わす。

「いかがですか、京都生活のはじまり」「それが楽しいの」

まるで自分のほうが新入学生になったように目をきらきらさせて語るのがいい。きっと良い先生になることだろう。

店を出た。せっかくだから京の春の夜を散策しよう。こういうことができるのがうれしいな。四条大橋から見下ろす川辺は、今日も大勢若い人が並んで座る。「元村先生もこうなるのかな」「そうかしら」。まんざらでもない返事は、私も多少大学で教えた経験を聞かれ、「授業は厳しく、夜は飲み会」と言ったからか。

昨日も歩いた祇園白川あたりは、夜桜がまた艶やかだ。向かっているのはバー。京都暮らしをはじめた先生にふさわしいところをご案内したい。

小さな神社から北は祇園乙部の茶屋街で、人通りはぐっと少なく暗くなる。その中ほど、狭い入口にほんの小さくプレートがあるだけの「コモンワンバー」は、暗く細い石畳を一〇メートルも歩いて左折、カクテルもいただける畳の茶室を見て、さらに進んだ突き当たりの隠れ家バーだ。天井高いロングカウンターは地元の旦那などがひっそりと仕事の話などしている。そこに並んで着席した。

「コペンハーゲンを」

北欧のスピリッツ「アクアビット」を使ったカクテルはここで知って気に入りとなった。「いいバーね」。元村先生のどこへ行ってもまったく物怖じしない様子は、どこにでもご案内できる。今日のコースを気に入ってもらえたかな。明日は東京に出張とか。しばらく飲み、ふたたび暗い細路地から通りに出てタクシーに手をあげて別れ、一人になった。

仰ぐ夜空に月が明るい。今夜はおとなしく帰ろう。

6

さて明日は東京に帰る、家へのおみやげを買わないと叱られる。昼食後、歩いて錦小路に回るとしよう。であれば昼はちょい遠出して二条の京中華「鳳泉《ほうせん》」だ。京都でここに来ないと損した気がする。角野さんもご愛用の店は行列必至。小雨だが早めに限ると開店二〇分前に一番で到着。しかし開店時は二十名余りが後ろに。やっぱり人気だな。

いつもの窓際二人席がうれしい。注文はこれまた定番の〈撈麺＝エビカシワそば〉に〈皮蛋＝ピータン〉と〈時菜湯＝スープ〉。まずは熱々スープをひと口。この一七〇円はお値打ちだ。エビカシワそばは辛子が隠し味をつくり、ときどきピータンで口直し。となりの常連らしいスーツの会社員は〈炒飯＝ヤキメシ〉に〈滑鶏球＝野菜煮付け〉をつけた組み合わせ、次は真似しよう。

ああうまかった。さて買い物。

旅先でよく買い物をするのは、東京では買った袋を提げて歩くのが嫌いだから。京都、神戸の狙い目は古着だ。小雨模様に京都のアーケード街は傘いらずでありがたく寺町筋へ。ここは洋服屋が多くアウトドア系が充実。急ぐわけではなし、ある古着屋の二階に上がると品数豊富だ。狙い目はコートと革製品。野性的な革を着たいが新品は値段が高い。誰もいない広い二階売り場を見てゆくと裏革のゆったりした上着があった。デザインは無難でサイズもぴたり。これは見つけたな。しかしどこにも値札がなく、一万円以下なら買おうとレジにもってゆくと、バイト店員らしきがひっくり返していたがわからず、パソコンで調べて言った。「五四八九円です」「ください」。

収穫収穫、この冬にはデビューだ。この年齢でデビュー服を待つのは生き甲斐か、などとごちゃごちゃ。

さらに歩いた錦小路西の靴屋は今日は外国人でいっぱい。はるばる外国に来て靴がみやげかい。何かないかな、おおこの紐なしスニーカーは夏用に欲しかったもの。これ買おう。

だんだん買い物袋が大きくなる。いつもみやげに買う錦小路半ば、毎年正月はこの鴨鍋セットを取り寄せている「鳥清」は串焼きに大行列だ。ようやく番がきて「もも肉三枚、手羽元六枚」。奥からご主人が「まいどどうも」「今年も鴨鍋の鴨お願いします」「はい、ネットが通じなかったら直接電話ください」了解。買ったものが重くなりタクシー。それらと着替え類をホテルから宅急便で送ると、ぐっと身軽になった。後は今夜飲んで寝るだけだ。

最終夜は定番中の定番「神馬《しんめ》」といこう。電話すると満席だが「太田さんですね、一人なら大丈夫」と主人の明るい声に安心。

いつもの一番奥、燗付器前の席をいただき、さあもう動かんぞ。

言うまでもなく神馬こそ日本の居酒屋料理の最高峰。なのに品書きは、白紙ペラ一枚の表裏に赤黒サインペンで超ぎっしり、値段明記で手書きの気取りのなさ。一品物、造り、酢のもの、かに、寿司、汁物に、和歌山、境港、琵琶湖などの産地名も点々と。じっくり読んで候補をあげていったが終わらない。

そうして頼んだ〈北海道コッペ蟹〉〈秋田のつぶ貝風の「もすそ貝」〉〈初物「とり貝」〉〈活赤貝造り〉〈筍と鯛の子旨煮（えび入り）〉。酒はもちろん目の前の灘酒ブレンドのお燗。

……たまらない、これ以上はない、生きていてよかった。やはりこの店に尽きるなあ。いつものように快活な大将・直孝さんを手伝うのはおそろい黒Tシャツの男学生バイト三人。京大も同志社もいる。

「学部どこ?」「商学部です」「何回生?」「四回です」「就職決まった?」「決まりました」「初月給でここにご両親を招待しないと」「いえ、一度来てもらってます」「そうかあ」

京都は学生を大事にする町。とりわけこの「神馬バイト生」は信用が高く、一杯やりながら連中に声をかけるのも私の通例になった。

さあて本命〈鯛頭塩焼〉。注文すると思ったという顔の直孝さんが「大きいですがいいですか」と見せたのは確かに巨大なカマ半身で大きい。「いいとも」に、さらに完爾《かんじ》と奥へ「鯛かしら塩焼き」と声をかける。そして届いた姿のみごとなことよ。こればかりは専念二〇分、最後に顎骨「鯛の鯛」をそっと置いたのでした。

京都中心部は観光客でいっぱいだが、ややはずれた千本のここはそうでない京都の日常がある。しかし西陣織屋や上七軒遊廓もあった歴史を背負うところ。当店を愛した文化人も多い。今日も一人で来ている常連やご婦人連が多く、満員なのに空気はおだやか。宴会の場ではない落ち着きがある。

けっこういただいたがまだ帰りたくない、最後はご飯物で締めるか。本日の〈寿司三種盛り〉はもちろん握りではない押し寿司で、鯖、焼き穴子、そして鯛を塩漬けの桜葉で巻いた、春の桜餅のような一貫には完全に脱帽した。

大満足だ、来てよかった、明日帰るのにもうなんの不満もなくなった。

盆帰省

夏はお盆。八月十二日から三日間、妹夫婦の住む信州安曇野、山形村の実家に盆帰省した。

今年の猛暑は経験したことがなく後期高齢者としては外出を控えていたが、歳のせいか盆供養はしておかねばならぬ。熱気こもる東京とちがい信州は爽やかだろうとの期待もあった。

それはまことに叶えられた。気温は東京と変わらないが、太陽はまぶしくも日陰に入ればもう涼しく、絶えず流れる風がほっとさせる。農園に囲まれたわが家の前は広い空き地に青草が茂り、端に小さな葡萄棚《ぶどうだな》、遠くにわずかの家、遠望する山並、あとは広大な空しかない風景は、ビルや道路や信号や、自動販売機や看板しか目に

実家となりの百日草畑

入らぬ東京とはまったくちがう。夕方の大空の刻々と変わる色合いはいくら見ても飽きることなく、人間は自然の中にいるのが正しいと思わせる。こういうことを忘れていた。何かの直感が「行け行け」とうながす気がしたのはこれだった。

その夜は妹夫婦と私の三人で食卓を囲んだ。私の兄は早世し肉親は妹のみになった。とうに現役引退した妹の夫は週三日病院通いの身だ。

かすかな虫の音しかしない夜のあれこれのよもやま話は、東京の仕事場でパソコンを叩いたり、テレビを見たりとはまったくちがう時間で、自分を自分に引き戻し、こういうことをしなければいけないなという思いにさせる。ほどよい時刻となり寝所にあたえられた部屋は「窓、半分開けとくと涼しいよ」と言われたとおりだった。

二日目。妹の運転で、妹の長男が松本市内に新築した家を見にいった。場所は松本の高校に汽車通学していた私が松本駅から学校に向かう通学登り道の中腹。古い木造一軒家だったが新建材などで面目を一新。奥さんは二歳児に続く子をみごもっており、これから二人の子供を育てるための部屋もじゅうぶん用意されている。妹は孫に目がなく一緒に遊んでいる。お茶をいただいて帰途に。

今夜は長野市から妹の娘一家が来るため買い物へ。昼は息子一家、夜は娘一家の相手の妹は、田舎暮らしゆえ車の運転ができなければ何もはじまらないだけあって、七十五歳の身で抜け道をスピードで突進するのにひやひやする。

着いた郊外大型スーパーの広大なこと。「兄ちゃんは酒のつまみ好きなもの入れて」と言われ別行動で、はぐれてしまいそうだ。

実家でくつろぐ

帰って昼寝しているとどうやら一家が来たらしい。子供は、十歳の男、七歳の女、四歳の男の三人。みな遊び盛りで、老人三人の静かだった家は途端に廊下を走り回るドタバタ音が駆け巡る。とりわけ末っ子はやんちゃな暴れん坊で、私が静かに昼寝している部屋に入り込み、侵入に気づいても寝たふりの私のベッドに上がってどんどん飛びはね、こちらの鼻をつまみ、懐中電灯で顔を照らし、さらに両目をこじ開けるので、「こら！」とばかりにタオルケットで袋の鼠《ねずみ》にすると喜んで大暴れだ。

夕飯は餃子で、お母さん、お兄ちゃん、お姉ちゃんの三人は机を囲んで包む手伝い。今夜は総勢八人、一人八個の計算で六十四個つくるとか。

終えたところで私とお兄ちゃんと末っ子の男ばかりで風呂に。素っ裸で湯をかける二人にこちらも負けないぞと抵抗するが防戦一方だ。

食事前、今日はお盆と、全員が神棚の前に座り、線香をあげ、チーンと叩いて手を合わす。終えた食卓は「じいちゃんあれとって」「そっちは醬油」「トマトも食べなさい」と大にぎやか。ビール片手の私は大上機嫌だ。

その後はこども花火大会だが、まずは玄

親子でつくる餃子

みんなで夕食のひと時

関で信州恒例の盆の迎え火、カンバ（白樺の樹皮）を焚く。私の父は盆行事を大切にし、玄関にはしめ縄を張り、迎え火、送り火を欠かさず、先祖牌の前に全員を座らせ祝詞《のりと》を奏上していた。

田舎の広い空き地は夜は真っ暗で花火にはおあつらえ。暗闇に白煙もうもうの花火に私も夢中になってしまった。

一家の父は日本酒好きで、先日長野市でひらいたイベント「信州酒トラップ」を主催し私も手伝った。今日も地酒「勢正宗」「今錦」の二本を持参、私と二人で蘊蓄《うんちく》しながらの晩酌がまた男同士の楽しみ。

お兄ちゃん（小五）はそろそろ少年らしさが出はじめ、私のもってきた本を読んで

三人三様のきょうだい

線香花火経験

いる。お姉ちゃん（小二）はとても可愛く、何でも「やだ」と反抗してみせるがじっとこちらを見て反応をさぐる。女の子らしくおしゃれ心もついてきて「その服かわいいね」と褒めても「やだ」。しかしビールの注ぎ方はうまくなった（こんなことを教えています）。でもこうしてつき合ってくれるのもあと数年か。もう一人暴れん坊の末っ子は私と取っ組み合っていたがぼちぼちお眠りの目をこすりはじめる。やがて神棚前の畳いっぱいに広げた布団に次々に寝ころんでいった。

三日目。ゆっくり朝寝のつもりが、またしても末っ子の襲来で無理やり起こされる。歳上の二人はそろそろ下を相手にせず、もっぱら私がその標的だ。パジャマのまま外に出て、はるかに広がる松本平《まつもとだいら》を眺めながらいつもの朝の体操。やはり体がよく伸びるな。子供たちの朝食はとうに終わり、一人遅れた私の朝飯のテレビに岸田総理退陣のスーパーが。全国民鎮魂の終戦記念日前日にすることか。一家五人はプールに出かけて静かになり、妹は連日の忙しさに昼寝。私はサンダルで散歩に出た。漠然と向かうのは、昔住んでいた「小坂」集落だ。

＊

私の父は昭和四十二（一九六七）年、ここの山形村小学校長に赴任。その直前、長野県で初めて施行された県教育委員会・社会教育主事の仕事を木曽でおこなった経験から「学校は学童のみでなく社会を教育する場」という考えのもと学校を村民に広く開放し、いくつもの自治クラブづくりなどを応援した。六年勤めて五十九歳で教職を退くと、山形村社会教育指導員として教育委員会非常勤勤務をはじめ「郷土に誇りを」の言葉のもと「山形史談会」をつくり、ガリ版会報「郷土」を発行。やがて村に家を建て名実ともに村民となった。その家にいま妹夫婦が住み、私が盆帰省に来た。父が現役校長時代に住んだ教員住宅のあったのが小坂集落だ。そこへ行ってみよう。

真夏の田舎の午後、歩く人はなく蟬《せみ》の声がするばかり。すべての花は夏に満開だが見る人はいない。なんとなくこっちかなと来て、ああここだと気づいたのは、東京の大学に入ったばかりの夏休みに級友四人を連れて夜汽車で帰省し、道のまん中で寝ころんで満天の星を眺めた場所だ。教員住宅だった古い家はすでになく囲む一帯も変わっている。

そこから裏の山に向かうのは初めてだ。土塀で囲まれ、家紋入りの土蔵をもつ立派な屋敷がいくつか続いた先の森は「諏訪神社」で、石鳥居脇に「明治二十九年日露戦争記念碑」が立つ。森閑とした正殿前に高床の舞台が建つのは、いま住むところにある「稲荷神社」と同じで、舞楽などを奉納するこのあたりの様式なのか。

さらに坂道を上った「鷹の窪」は自然公園に整えられ、小さな流れに架けた小橋や休憩所がいい。昔、父の業績をまとめた私家版小冊子に、ここで村人と福寿草植付けをして茣蓙《ござ》で一服する父の写真を入れた。

さらに登り道をたどると急な山裾になり、中村太八郎の案内板があった。明治元（一八六八）年、ここ山形村の豪農名主に生まれた中村は上京して学んだ後、松本で木下尚江らと普選運動を起こし、投獄服役に耐えながらも全国に展開、大正十四（一九二五）年、普通選挙法案を国会（衆議院・貴族院）で可決させた。

急な崖に何段もの遺碑をたどり登った中段はやや広く、碑文を中に左右に向き合って横たわる牛の像が目をひく。達筆な碑文は私には読めないが「うし年に生まれ寿えながく生きる幸」のようにも読める。中村は財政的にもさまざまに村に尽くし、昭和十（一九三五）年に没した。

さらに頂上は納骨堂らしき小さくも立派な館が建ち、脇の奥は鐘楼だがすでに鐘ははずされ建物は老朽していた。

郷土研究をはじめた父がまず注目したのは、村からもとうに忘れられていた中村太八郎だ。村出身の偉人を改めて認識さすべく「中村太八郎顕彰会」を結成。昭和四十八（一九七三）年、山奥の清水寺に「中村太八郎顕彰碑」を建立。序幕式に村長とともに招かれた来賓は「こんなすばらしい人を出した山形村が羨ましいが、こうした仕事（顕彰）ができる村は一層羨ましい」と挨拶した。その後平成五（一九九三）年、村小学校脇に「普選の父生誕の村」碑を建て、ひと区切りとした。ここ鷹が窪の遺跡は、今はあまり訪れる人はないようで草ぼうぼうだが、村中央に新しく建てた碑はその名を広めている。

私はここに導かれたと思った。他にも父は、江戸時代に山の清水寺を訪ねて「旅衣ふたゝびこゝにきよ水のながれにひたす袖のすゞしさ」などの和歌を残した菅江真澄の顕彰、数多い双体道祖神の調査など、生涯山形村の歴史掘り起こしを続けたのだった。

＊

今夜は山形村の花火大会だ。数年前子供たちを連れると屋台を喜んだので、今年も早めに行って場所とりだと勇んでいたが、おりしも台風七号の襲来で中止。はたして夕方から外は暗くなりものすごい豪雨で送り火もできない。一家の父は「猫に餌をやる」とかで一人先に長野市に帰って私は晩酌相手もなく、子供たちもプール疲れか早々に寝床についた。翌朝、私の帰京は早く、松本から特急「あずさ」に乗った。

盆帰省の三日間は日々の東京とはまったくちがう時間だった。お盆は亡くなった先祖を迎える行事。私はまだ生きているが同じことをしたのだと思った。村の「鷹の窪」に足が向いたのも、同じく盆に帰ってきていた父が私を連れたのだろう。

おわりに

一人の奨めばかり書いてきたが仲間は好きだ。作家・椎名誠さんらとの怪しい探検隊では海山川無人島に繰り出し、飲み仲間と居酒屋研究会をつくって飲み歩き、大学の教え子との卒業後修学旅行やキャンプも続いている。

これは集まって遊んで、ぱっと解散するのがよいので、普段は一人で静かな生活がいい。

若いころから不良中年を気どってきたけれど、それもまもなく八十歳。墓場は見えてきた。あまりまわりに迷惑をかけずオサラバしたい。それには、
・健康を自己管理する
・思い上がらず謙虚でいる
・一人で過ごせる
こんなところか。しかしそれも後わずか。いずれは老人ホームかもしれないが、

よぼよぼ老人と二十四時間集団生活など、とてもとても私にはできない。したがって自分の老人ホームに入った。そのうえで前記を心がけ一人不良を続けよう。

「死んでしまえばそれまでよ、生きてるうちが花なのよ」

――不良道、まっしぐら。

皆さん、ご参考になったでしょうか。

二〇二四年十月　　太田和彦　七十八歳

ァミリー パブ
ワテ横丁

初出
Ⅱ・Ⅲ：太田酒倶楽部「盃つまんで」
Vol. 47-54, 63-64, 67-69, 70, 75-76, 78-83

Ⅲ（その他）：「小説新潮」「旅行読売」「dancyu」

（いずれも本書収録に際し大幅に手を加え再編集しています）

太田和彦（おおた・かずひこ）

1946年生まれ、長野県松本市出身。デザイナー／作家。資生堂宣伝制作室アートディレクターを経て独立。2001〜08年、東北芸術工科大学教授。18年、文化庁長官表彰。著書に『異端の資生堂広告／太田和彦の作品』『ニッポン居酒屋放浪記』『居酒屋百名山』『居酒屋かもめ唄』『居酒屋おくのほそ道』『大人の居酒屋旅』『日本居酒屋遺産』『書を置いて、街へ出よう』『映画、幸福への招待』『酒と人生の一人作法』『70歳、これからは湯豆腐』『75歳、油揚がある』など。出演中のテレビ「太田和彦のふらり旅　新・居酒屋百選」（BS11）は10年のロングラン。

80歳《さい》、不良《ふりょう》老人《ろうじん》です。

2025年1月11日　第1版第1刷　発行

著者　太田和彦

発行者　株式会社亜紀書房
〒101-0051　東京都千代田区神田神保町1-32
電話　03-5280-0261（代表）
03-5280-0269（編集）
https://www.akishobo.com

装丁　横須賀拓
DTP　山口良二
協力　テレビ朝日映像株式会社

印刷・製本　株式会社トライ　https://www.try-sky.com

ISBN978-4-7505-1861-9 C0095

へたな旅　牧野伊三夫　1760円（税込）

ふらり各駅電車に乗り、銭湯の後は気楽な酒場で一杯。
還暦を迎えた画家が愛好する「酒・食・風呂」の悦楽。

西荻ごはん　目黒雅也　2200円（税込）

西荻窪の純喫茶からお手軽ランチ、垂涎ディナー、飲み歩き。
人のぬくもりとおいしさを追った偏愛イラストエッセイ。

パルミジャーノをひとふり
イタリア旅ごはん帖　貝谷郁子　1650円（税込）

家庭で、農園やワイナリーで、市場やレストランで……。
料理研究家のシンプルで味わい深い“旅のおすそわけ”。

六〇代は、きものに誘われて

三砂ちづる　1870円（税込）

きものに袖を通して20年。琉球絣や久米島紬などに惹かれ
沖縄に移住した著者の心安らぐ新しい人生。